RIVENDICATA DA UN ALIENO

ACCOPPIATA CON L'ALIENO MUTAFORMA
LIBRO 1

TAMSIN LEY

Twin Leaf Press

Tutti i personaggi di questo libro, che siano alieni, umani o di qualsiasi altra natura, sono un prodotto dell'immaginazione dell'autore. Qualsiasi somiglianza con persone, situazioni o eventi reali è puramente casuale.

Nessuna parte di questo libro può essere riprodotta, trasmessa o distribuita in alcuna forma o con alcun mezzo senza l'esplicita autorizzazione scritta dell'autore, fatta eccezione per brevi citazioni destinate a recensioni, articoli o blog. Questo libro è concesso in licenza esclusivamente per il piacere della lettura. Un'infinità di cuori e baci e grazie infinite per l'acquisto.

Versione cartacea

Copertina di Tamsin Ley

@ Edizione italiana: Tamsin Ley; 2026
@ Edizione originale: *Arazhi*, di Tamsin Ley; 2021
Tutti i diritti riservati.
Versione tascabile
ISBN-13: 979-8-89548-034-2

Twin Leaf Press
PO Box 672255
Chugiak, AK 99567

Lui ha bisogno di un erede. Lei non può dargliene uno. Ma il vincolo di accoppiamento se ne infischia.

Quando Georgie accetta l'incarico di organizzare la primissima serata di incontri tra umani e alieni, è l'occasione perfetta per mettersi alla prova e far decollare la sua carriera di organizzatrice di eventi. Si offre persino volontaria come una delle partecipanti messe all'asta, senza immaginare di essere portata via dalla Terra da un guerriero dalla pelle blu che la considera la sua compagna ideale.

Il principe Arazhi è venuto sulla Terra per un'unica ragione: trovare una compagna umana che porti in grembo il suo erede. Niente legami, niente politica, niente drammi. Ma la donna che "compra" è tutt'altro che ordinaria. Georgie è audace, ribelle… e nasconde una verità che potrebbe mandare in frantumi i suoi piani attentamente studiati. Ora Arazhi deve decidere cosa conta di più: il dovere verso il suo popolo… o il fuoco che lei accende nella sua anima.

Caro lettore,

In questa storia sono presenti alcuni termini alieni inventati, quindi volevo assicurarmi che tu sapessi in anticipo che alla fine del libro è presente un glossario, se ti piace questo genere di cose. Inoltre, troverai una sezione bonus con le descrizioni delle razze aliene che potresti incontrare in questa serie. Buona lettura!

Tamsin

CAPITOLO
UNO

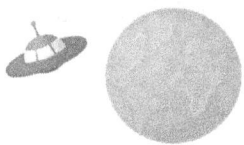

Georgie sussultò quando il labrador nero sul suo tavolo da toelettatura si scrollò l'acqua dal pelo. Quel grosso bestione era uno dei fortunati destinati al negozio di mangimi per la giornata delle adozioni, e lei si era offerta volontaria ad aiutarli a sistemarsi e a trasportarli dal canile. Se solo anche lei fosse stata una delle fortunate… con un nuovo inizio, un posto al quale appartenere.

Si pulì gli occhiali sulla manica proprio mentre il labrador si lanciava in avanti, schiacciandole un bacio umido e bavoso sulla guancia. Lei emise un piccolo grido di protesta, ma la sua risata la tradì. «Oh, andiamo, bello» gemette, pulendosi il viso. «Lascia almeno che ti asciughi prima.»

Il cane scodinzolò selvaggiamente, guardandola raggiante con grandi occhi fiduciosi, e qualcosa di caldo e malinconico le si posò nel petto. Se avesse avuto una casa tutta sua, se avesse messo ordine nella propria vita, forse avrebbe potuto tenerlo. Ma per ora, doveva solo sperare che qualcun altro vedesse quanto amore aveva da dare.

Nei recinti vicini, un cane iniziò ad abbaiare, e presto si scatenò un coro. Il Jack Russell Terrier che Lora stava tosando sul tavolo accanto iniziò a piangere, contorcendosi contro il guinzaglio. Povero piccolo, aveva problemi di ansia, e Lora cercò di distrarlo con un giocattolo di gomma che squittiva.

«Penso che così lo stressi ancora di più, Lora», disse Georgie, facendo una smorfia per il rumore aggiuntivo.

Alla terza postazione di lavaggio, Maise aveva già finito con un vecchio pastore tedesco che ora giaceva tranquillo ai suoi piedi. Era la proprietaria di Yappy Hour, l'attività di pensione e toelettatura per animali che stavano usando per pulire i cani, ed era una professionista nella zona lavaggio. Si appoggiò al tavolo, con i lunghi riccioli scuri che le coprivano il viso mentre guardava il telefono. «Che ne dici di questo, Georgie? L'Agenzia di Incontri Intergalattica cerca un'umana capace per coordinare il primo evento di incontri alieni della storia. Tutte le candidature saranno prese in considerazione.»

«Starai scherzando», disse Lora, interrompendo la distrazione col giocattolo e guardando Georgie. «Alieni?»

Non si vedevano extraterrestri sulla Terra da un'unica apparizione avvenuta oltre quarant'anni prima — ammesso che fosse vero. Le navi erano atterrate all'Aeroporto Internazionale di Pechino-Daxing in Cina, avevano parlato con i funzionari governativi locali e se n'erano andate prima ancora che le altre nazioni potessero rispondere. Nonostante le fotografie e le testimonianze oculari, molti credevano che la visita fosse stata una bufala: un mito creato dai governi per giustificare le spese per la difesa e le stravaganti ricerche spaziali.

Eppure, negli anni successivi, c'era ancora chi sosteneva di essere stato rapito, inclusa la madre di Georgie. Sua madre era morta diversi anni prima per un trauma cranico dopo essere caduta da una scala, ma Georgie aveva sempre voluto credere al racconto di sua madre.

«Magari stanno venendo a controllare come stiamo», disse Georgie.

«Per chiedere appuntamenti per andare al cinema? Quanto possono essere disperati?» Lora sbuffò. «Continua a scorrere, Maise.»

«No, aspetta. Voglio saperne di più», disse Georgie, stringendo le dita attorno all'asciugamano che aveva in mano.

E se… e se fosse stato quello il momento? La fessura che stava aspettando? Una porta che non aveva mai nemmeno considerato di socchiudere? Se si fosse trattato di un vero lavoro retribuito, non poteva scartarlo senza almeno aver letto le clausole scritte in piccolo.

Stava cercando di avviare la sua attività di organizzazione di eventi da mesi ormai, ma ogni volta che pensava di avere una pista, qualcuno le soffiava il contratto sotto il naso. Le uniche persone che le dicevano di sì non potevano pagarla, e un tale che voleva un bar mitzvah per suo figlio aveva persino avuto la faccia tosta di dirle che avrebbe dovuto essere grata per la "visibilità" che l'organizzazione dell'evento gli avrebbe procurato. Che stronzo.

Il problema era che era abbastanza disperata da prenderlo in considerazione. Dal divorzio viveva con suo padre per risparmiare, investendo tutti i suoi risparmi nell'avvio dell'attività mentre lavorava part-time come cassiera al supermercato. Doveva fare qualcosa presto, o sarebbe impazzita.

«Forse è solo una festa in maschera o qualcosa del genere. Fammi vedere il telefono.» Tese la mano.

Maise le passò il cellulare e Georgie esaminò l'annuncio. Un evento di incontri alieni sembrava ridicolo, ma non faceva male chiedere maggiori informazioni e inviare una proposta. Diamine, una festa a tema alieno poteva essere davvero divertente. Digitò il suo indirizzo e-mail e restituì il telefono.

«Quanto sarebbe fantastico organizzare la prima festa in assoluto con veri alieni?» chiese Maise, intascando il telefono e afferrando un asciugamano per aiutare Georgie con il labrador.

«Voglio solo sapere quanto pagheranno.» Georgie cercò di sembrare pratica. Logica.

Ma per mezzo secondo la sua mente vagò: come *sarebbe* stato uscire con un alieno? Sarebbero stati più dolci? Più gentili? Meno inclini a deludere?

Sbuffò, scacciando quel pensiero assurdo mentre allacciava un collare al collo del cane e lo guidava sul pavimento.

«Non potresti pagarmi abbastanza per andare a un appuntamento con un alieno.» Lora prese tra le braccia il terrier tremante.

Mentre si dirigevano verso il furgone del canile per caricare i cani per il trasporto, la brezza che proveniva dalla fabbrica di cellulosa fece venire a Georgie voglia di vomitare. Oggi era particolarmente forte. Aveva appena chiuso il labrador in una gabbia e sbarrato la porta quando il suo telefono emise un segnale per un'e-mail in arrivo. Gli diede un'occhiata.

«Sono loro», disse, sorpresa di aver ricevuto una risposta così velocemente, poi lesse l'e-mail ad alta voce. «Grazie per il suo interesse per l'Agenzia di Incontri Intergalattica. La preghiamo di inviare la proposta di intervallo temporale terrestre, il luogo e i requisiti culturali.»

Lora si sistemò la coda di cavallo castano ramato che stava cedendo. «Intervallo temporale terrestre? Ma davvero? Ci stanno proprio dando dentro con la facciata aliena, eh?»

«Credo stiano solo restando nel personaggio» ridacchiò Georgie. Un piano stava già prendendo forma nella sua testa. «Almeno so che vogliono che mantenga le cose strane.»

«Che diavolo sono i requisiti culturali?» chiese Maise.

«Non lo so, ma sembra divertente.» Georgie strizzò gli occhi per leggere la scritta in piccolo in fondo all'e-mail. Era difficile leggerla, così ingrandì il testo.

Le cadde la mascella. «Porca miseria, ascoltate qua! All'accettazione, al coordinatore verranno pagati diecimila crediti terrestri nell'unità monetaria di sua scelta, oltre alle spese previa presentazione di ricevuta.»

«Crediti terrestri?» chiese Maise mentre saliva sul sedile anteriore del furgone. «Che roba sono?»

«Penso intendano che posso scegliere dollari o yen o qualunque valuta io voglia.» Georgie sbatté le palpebre. Poi le sbatté di nuovo. Le parole sullo schermo non cambiavano. «E guardate, l'e-mail di risposta è da un sito .gov. Penso…» La sua voce suonava troppo fievole per quel momento. Si schiarì la gola. «Penso che questa sia davvero una richiesta da parte di alieni.»

Il silenzio si stese tra loro. Gli occhi di Maise si spalancarono. Lora sbuffò e si spostò al posto di guida. «Molto discutibile.»

Ma Georgie continuava a fissare l'e-mail, con il battito cardiaco accelerato. *E se fosse vero?*

«Ho un'idea», sbottò. «Organizziamo un'asta di beneficenza dove gli alieni — o aspiranti tali o quel che sono — fanno un'offerta per degli appuntamenti, e il ricavato va a beneficio del canile. Il cliente paga il conto per la festa, con cibo, balli e alcolici. Gli alieni incontrano donne e il canile guadagna dei soldi. Tutti felici!»

«Ma chi metterai all'asta?» chiese Maise, scivolando lungo il sedile e allacciando la cintura nel posto centrale.

Georgie le rivolse un sorriso malizioso e salì dietro di lei. «Persone che sostengono il rifugio per animali, ovviamente.»

Lora scosse la testa e accese il motore. «Non contate su di me. Non mi piace la melma verde.»

«Non sono melmosi» insistette Georgie. «Sembrano quasi umani. Vedi?» Fece una rapida ricerca e trovò una delle vecchie immagini che erano finite su tutti i telegiornali. Un alieno snello dalla pelle bluastra guardava in camera con grandi occhi.

«Sono quasi carini», disse Maise.

Lora diede un'occhiata all'immagine, poi ingranò la marcia. «Sembra mio nonno.»

Georgie tirò un profondo sospiro. «Non ti sto chiedendo di sposarne uno, Lora. Solo di uscire a cena. O per un caffè. Vedila come un'opportunità per farsi nuovi amici.»

«Di solito faccio molto di più che fare amicizia nei miei appuntamenti.» Lora le scoccò uno sguardo sardonico.

«Gatta morta.» Maise le diede una gomitata tra le costole sorridendo.

Lora rise. «Come vi pare.»

«Ti prego», disse Georgie piano, guardando Lora dritto negli occhi. «Ne ho davvero bisogno.»

Il sorrisetto provocatorio di Lora svanì leggermente.

«Dico sul serio.» Georgie emise un respiro tremante. «Riesco a malapena a tenere a galla la mia attività. Non voglio fare la cassiera al supermercato per sempre. Io... ho solo bisogno che qualcosa finalmente vada per il verso giusto.»

«Farò io la sicurezza per te», disse Lora. Era un'ufficiale di polizia e dava sempre per scontato che ci sarebbero stati guai. «Potrebbe servirti qualcuno per respingere raggi della morte o cose del genere.»

«Posso assumere la sicurezza», disse Georgie. «Ho bisogno di donne per l'asta.»

Lora inarcò un sopracciglio. «Chi dice che vogliano delle donne?»

«Oh.» Georgie aprì l'e-mail. «Hai ragione. Sarà meglio che lo chieda.»

«E tu?» chiese Maise. «Ti iscriverai?»

«Io devo gestire le cose.» Georgie stava già facendo ricerche su possibili location, catering, permessi...

Lora sbuffò e si immise in autostrada. «Certo. La scusa perfetta.»

Georgie alzò lo sguardo. «Va bene. Se mi iscrivo all'asta, accetterai di farlo anche tu?»

«Posso portare i miei cani?» chiese Maise. «Se è un evento per animali, dovremmo includere gli animali domestici.»

«Ottima idea», disse Georgie. «Possiamo farlo a Covey Park.»

«Alieni, venite a correre con i nostri animali al parco per cani!» esclamò Lora rivolta al soffitto.

«Quindi mi aiuterete?» chiese Georgie, sbattendo le ciglia in segno di supplica verso l'amica.

«Immagino di sì», disse Lora. «Ma al primo segno di melma, io me ne vado.»

Georgie finì di redigere la sua proposta mentre viaggiavano. Normalmente l'avrebbe portata a casa per pensarci su, ma troppo spesso le era stata strappata un'opportunità di mano.

Questa volta sarebbe stata la prima.

Premette invio e si mise il telefono in grembo. Una volta ottenuto il contratto, si sarebbe preoccupata di trovare altre volontarie per l'asta.

Con sua sorpresa, il telefono vibrò prima ancora che raggiungessero il negozio di mangimi. Deglutì, riuscendo a malapena a credere alla risposta. *Le sue condizioni sono accettabili. Solo abbinamenti con donne. Troverà il suo compenso nel suo conto di deposito monetario. Fondi aggiuntivi disponibili dietro ricevuta. Invii gli aggiornamenti a questo indirizzo.*

Le dita le tremavano mentre entrava nella sua app della banca, quasi senza osare crederci…

Saldo disponibile: 10.000,00 $

A Georgie mancò il fiato.

«Porca vacca», sussurrò. Il polso le batteva nelle orecchie. «Ho appena ottenuto il contratto.»

La pelle le formicolava, l'elettricità le ronzava sottopelle. Era *reale*. I soldi erano lì.

«Davvero?» chiese Maise.

Georgie le mostrò il saldo in banca.

«Wow! È stato velocissimo!» Maise sorrise e alzò la mano.

Georgie non si limitò a darle il cinque: colpì il suo palmo così forte che le mani bruciarono a entrambe. Scoppiarono entrambe a ridere, euforiche, senza fiato.

Stava succedendo davvero.

Georgie si premette le dita sulle labbra, sentendo il sorriso allargarsi sul suo viso. *Sta succedendo davvero.*

CAPITOLO
DUE

Il Principe Arazhi scese la rampa della sua nave privata sulle piastrelle di pietra scura della piazzola di atterraggio fuori dal palazzo. Mentre camminava, il suo corpo si modellava come argilla calda: i muscoli si ispessivano, l'altezza si adattava e i lineamenti si affilavano per corrispondere a quelli della specie di sua madre. La pelle si raffreddava assumendo una tonalità di blu più profonda. La mascella si serrava nell'espressione che sapeva la sua famiglia si aspettasse: annoiato ma responsabile, distaccato eppure capace.

Era una vecchia recita, indossata come un'armatura. Eppure, come sempre, si sentiva ancora fluido e informe al suo interno.

Aveva ricevuto una richiesta urgente di presentarsi a suo padre, l'imperatore Ozhin, e non era affatto felice di essere stato trascinato via dalla sua ultima avventura con una femmina Hypawa dagli occhi simili a magma liquido e una bocca altrettanto ardente.

Come la maggior parte delle sue conquiste, lei aveva sperato di assicurarsi un principe come compagno. E come in tutti i suoi legami, lui si era goduto il gioco, il tira e molla dell'insegnarle cosa avrebbe fatto impazzire di desiderio un partner, senza mai permettere a sé stesso di cedere.

Ma una volta — solo una volta — si era chiesto come sarebbe stato lasciarsi andare. Smettere di guidare e iniziare a cadere.

In quanto specie interamente maschile, i Kirenai erano ben noti in tutta la galassia per la loro capacità di dare grande piacere alle loro partner, usando i sensi empatici Iki'i per sapere esattamente cosa desiderasse una femmina. Ma Arazhi si rifiutava di rischiare di legarsi a una femmina gelosa e assetata di potere.

Le guardie erano appostate all'esterno del cortile del palazzo, le loro varie forme bipedi racchiuse in armature integrali, nonostante il caldo. Lo salutarono con cenni del capo mentre passava. Attraversò il cancello verso il cortile, dove imponenti fronde blu di happa ombreggiavano il sentiero muschioso che portava alla porta principale del palazzo.

Un servitore a contratto lo accolse sulla soglia. «Benvenuto a casa, mio principe. Desiderate che prepari la vostra stanza?»

«Non mi fermerò, ma vi ringrazio.» Aveva intenzione di tornare dritto tra le braccia della Hypawa non appena l'incontro fosse terminato.

Arazhi percorse il corridoio di pietra ad arco verso la sala del trono. Anche quando non c'erano udienze, suo padre preferiva condurre la propria vita dalla posizione privilegiata del suo trono, e Arazhi rimase sorpreso nel trovare il podio dell'imperatore vuoto.

Una guardia dalla pelle color foglia di tè, in una tradizionale armatura di corteccia di happa, stava alla base della piattaforma. Indicò verso il fondo, in direzione degli appartamenti reali.

Un'ansia non schermata pulsava da quella direzione, stuzzicando i suoi sensi Iki'i, e Arazhi si diresse verso la porta con la preoccupazione che gli cresceva nel petto; di solito doveva essere molto vicino per percepire le emozioni di qualcuno.

Il salotto reale era deserto e le porte della camera da letto erano aperte. L'odore fruttato del fluido di rigenerazione riempiva l'aria. La preoccupazione si trasformò in inquietudine e lui affrettò il passo.

«...non possiamo esserne certi», stava dicendo qualcuno nella camera da letto, seguito da un sussurro che non colse.

All'interno della stanza, Arazhi trovò Elthos, il guaritore reale e il consigliere più fidato dell'imperatore, in piedi vicino a una capsula di rigenerazione che doveva essere stata portata dalla clinica; i suoi lineamenti dalle scaglie rosa erano imperscrutabili come sempre. La damma di Arazhi sedeva lì accanto, una mano d'alabastro appoggiata sul bordo del contenitore grigio a forma di vasca, colmo di fluido rigenerante verde.

Il cuore di Arazhi si strinse. I Kirenai richiedevano periodi di riposo in cui permettevano ai propri corpi di rilassarsi nel loro stato naturale e amorfo, ma il fluido rigenerante era riservato ai malati gravi o ai feriti che non potevano mantenere una forma umanoide per nutrirsi.

Si fece avanti in fretta. «Cosa succede, Damma? Padre è ferito?»

Sua madre si alzò, con un sorriso tirato sul volto pallido. Era una Vatosangan, piccola e minuta, con capelli blu scuro e lineamenti arrotondati. «Figlio mio, siamo così lieti che tu sia qui.»

Il fluido rigenerante nella capsula si rimescolò, denso e innaturale, mentre il volto di suo padre rompeva la superficie — pallido, rilassato e più debole di quanto lo avesse mai visto. «Salve, figlio mio.» La sua voce era ancora lì — regale, autorevole — ma la potenza sottostante si era sfilacciata ai bordi. Come una grande struttura che crolla dall'interno. «È un bene che siate venuto.»

Il petto di Arazhi si serrò. Non era pronto per questo.

«Ditemi cosa è successo.» Arazhi si sporse per guardare dentro la capsula. La forma bluastra, simile a un'ameba, che galleggiava all'interno non mostrava segni esteriori di malattia o danno.

Damma si strinse nelle spalle, le ciglia blu umide di lacrime non versate. «Non riesce a mantenere la forma eretta. I guaritori dicono che è stato avvelenato.»

«Avvelenato?» Arazhi sussultò. Questo spiegava il fluido rigenerante. Guardò il guaritore lì vicino. «Quando? Da chi? Esiste un antidoto?»

«Ci stiamo lavorando», disse Elthos con un inchino. Come Qalqan, possedeva una calma quasi meccanica che era immune all'iki'i di un Kirenai, ma l'oggettività dei Qalqan li rendeva anche i migliori guaritori della galassia. «Le guardie di palazzo stanno indagando sui sospetti.»

Damma fece un cenno al guaritore. «Grazie, Elthos. Per favore, mi tenga aggiornata su ciò che scopre.»

«Certamente, Imperatrice. Torno al lavoro.» Elthos si inchinò di nuovo e si voltò per andarsene.

Arazhi guardò il volto di suo padre scendere sotto la superficie e risalire di nuovo. Normalmente, suo padre era eccellente nello schermare il proprio Iki'i, ma ora il dolore trapelava da lui in ondate ondulate.

Damma si alzò dal suo cuscino e intrecciò il braccio a quello del figlio, attirando la sua attenzione. «Devi generare immediatamente un erede.»

Arazhi si morse il labbro. Non era la discussione per cui si era preparato, specialmente ora che sapeva che suo padre stava male. «Non voglio parlarne adesso,

Damma.» Arazhi incrociò le braccia, le dita che premevano sui bicipiti. «Sono ancora giovane e non ho incontrato nessuno che faccia desiderare alla mia forma di stabilizzarsi, tanto meno di solidificarsi.»

Era vero solo in parte: c'era stata una femmina su Sireta Prime che lo aveva tenuto prigioniero per quasi due irn quando era più giovane. Ma lei lo aveva continuamente paragonato ad altri uomini, non importava quanto lui adattasse la sua forma, e alla fine se n'era andata per sposare un nobile G'nax. Da allora aveva evitato quel settore dello spazio.

L'imperatore Ozhin sospirò. «I Senburu sono sull'orlo di un colpo di stato. Vogliono nominare un nuovo successore al trono.»

I Senburu erano potenti mercanti che dominavano il consorzio galattico dei pianeti e non condividevano le politiche commerciali dell'imperatore. Cercavano di relegare la posizione di suo padre a quella di un semplice prestanome da prima ancora che Arazhi nascesse. «Non possono farlo. I governatori planetari sostengono la nostra dinastia.»

Damma gli prese la mano. «I Kirenai si legano con minore frequenza, e persino le coppie legate producono sempre meno prole. Tutti vogliono essere sicuri che la linea reale sia salda. Il consorzio non ti permetterà di salire al trono senza un erede.»

«È ridicolo.» Lui si liberò la mano. «Ho un sacco di tempo per generare un erede.»

La maggior parte dei Kirenai aspettava fino a tarda età prima di stabilizzarsi, godendosi la capacità di assumere forme diverse il più a lungo possibile. Una volta che un Kirenai si legava, la sua forma assumeva permanentemente l'aspetto più gradito alla sua compagna.

Con voce affaticata, suo padre disse: «Il consorzio ha già proposto il Senbur Aguno come candidato.»

Arazhi si irrigidì. Aguno era il cugino di secondo grado di suo padre e l'unico parente di sangue conosciuto. «Si rivolterebbe contro di voi in questo modo?»

«Ha trovato una compagna», disse Damma dolcemente. «E si dice che lei sia già in attesa di un figlio.»

Arazhi aggrottò la fronte. Aveva visto Aguno a un recente ballo e non si era accennato a una compagna, tanto meno a un bambino. «Com'è possibile?»

«La sua compagna proviene da un pianeta chiamato Terra, dove si dice che le femmine siano come ijin'en, che entrano ed escono dall'estro con la stessa facilità con cui respirano», disse suo padre.

Gli ijin'en erano animali da allevamento simbolo di stupidità. «Che genere di erede può produrre un'unione simile?» schernì Arazhi. «I Senburu non possono considerare seriamente una specie del genere degna del trono.»

«Gli abitanti della Terra sono primitivi, ma non privi di intelligenza», disse suo padre.

Damma aggiunse: «Il loro pianeta doveva essere chiuso al commercio, protetto finché la specie non fosse stata tecnologicamente più sviluppata. Ma poiché ora è di dominio pubblico che Aguno si è riprodotto con successo con una di loro, tuo padre è stato costretto ad autorizzare un accesso sociale limitato.»

Arazhi imprecò tra sé. «Se il pianeta doveva essere chiuso, come ha fatto Aguno a finire con una compagna? Dovremmo arrestarlo per aver violato l'editto commerciale e farla finita.»

«Non è così semplice.» La voce di Damma tradiva una nota di disgusto. «Aguno l'ha salvata dai trafficanti di schiavi del mercato nero. Apparentemente, hanno rapito femmine terrestri costringendole in servitù senza contratti.»

La gola di Arazhi si serrò. La schiavitù era legale in questa parte della galassia, ma solo se una persona si rendeva schiava volontariamente — e aveva sempre il diritto di riscattare i propri contratti La maggior parte dei servitori del palazzo stipulava contratti solo per godere del prestigio di lavorare per l'imperatore e veniva mandata in pensione con un sussidio quando non era più in grado di lavorare.

«Ciò che conta ora è come questo influenzi la nostra dinastia», sibilò suo padre, la voce che diventava più roca ogni volta che parlava. «Gli umani sono capaci di produrre figli senza un legame permanente.»

Arazhi scosse la testa. Suo padre doveva essere delirante. I Kirenai potevano riprodursi solo dopo aver formato un legame permanente. «Non aveva detto che Aguno era legato?»

La Damma rispose: «Lo è, ma altre femmine soccorse erano già state ingravidate senza essere legate ai loro rapitori.»

«Sei sicura che la progenie sia Kirenai?» chiese Arazhi.

I Kirenai potevano accoppiarsi con una femmina di qualsiasi specie, producendo figli maschi che erano sempre puramente Kirenai, con abilità empatiche e mutaforma. La progenie femminile apparteneva alla specie della madre, sebbene alcune ereditassero comunque il potere Iki'i dei Kirenai.

«I guaritori ci assicurano che nessuna delle donne ha le firme genetiche di un legame di coppia, e i figli maschi sono Kirenai.»

Un senso di disagio pervase lo stomaco di Arazhi. «Quindi cosa vuole che faccia?»

«Vada sulla Terra, trovi una femmina consenziente e produca un erede. In fretta.»

La mascella di Arazhi si serrò. Di tutti gli ordini che aveva ricevuto in vita sua, questo gli sembrava il più assurdo.

Come se il suo cuore — la sua stessa forma — potesse essere dettato solo dal dovere.

Aveva dato piacere a molte donne, ma non aveva mai immaginato di farlo con l'intento di produrre un bambino. E non sapeva nulla di questi umani. E se fossero stati davvero stupidi come gli ijin'en? «Come dovrei fare? Seduco ogni donna sul pianeta finché una di loro non rimane incinta?»

«Gli umani hanno accettato di tenere un'asta di femmine consenzienti. Ne selezioni una e compia il Suo dovere. Ora vada. Devo riposare.» Il volto di suo padre scomparve sotto la superficie, lasciando dietro di sé solo l'increspatura delle onde verdi.

Arazhi si rivolse a sua Damma. «Non può dire sul serio.»

«Dice sul serio.» Lei gli prese di nuovo la mano, con un sorriso preoccupato sul volto pallido. «Ho incontrato alcune delle donne umane catturate e sembrano essere brave madri. Molte hanno insistito per rimanere qui su Kirenai Prime con i loro figli. Ho istituito una fondazione per ospitarle e aiutarle a crescere i bambini. La mia speranza è che trovi una femmina degna di legarsi mentre sei sulla Terra. Per favore, dimmi che almeno ci proverai.»

«Non dovrei aver bisogno di provare.» Lui imprecò, pensando a quei due anni su Sireta Prime. «Quando incontrerò la persona giusta, lo saprò e basta.»

«Liberate la vostra rabbia, Arazhi. Il vostro cuore è rimasto chiuso per molto tempo. Tutto quello che vi suggerisco è di aprirlo di nuovo, o la vera felicità non vi troverà mai.»

Le sue parole si conficcarono nel profondo — una scheggia sotto la pelle — e lui espirò lentamente, costringendo i propri muscoli a rimanere sciolti. «Sto bene, Damma.»

Lei sollevò le sopracciglia dubbiosa. «Se non riesci a trovare l'amore, trova almeno una regina che porti in grembo il tuo erede. La dinastia della nostra famiglia è in gioco.»

Lui deglutì e lanciò un'occhiata alla capsula di suo padre. Come poteva dare piacere a una donna mentre suo padre era forse in punto di morte? Si strofinò il mento. «Pensi che siano stati i Senburu ad avvelenarlo?»

«Avrebbe senso. Hanno proposto un sostituto, sebbene le sue condizioni non siano state rese pubbliche.»

«Troverò chi è stato e lo punirò.» Strinse i pugni.

«Lo faremo. E nel frattempo i guaritori stanno facendo del loro meglio per trovare un antidoto per tuo padre. Ma in questo momento, il tuo compito è assicurarti che i nostri nemici non possano prendere il potere prima che possiamo finire l'indagine, e l'unico modo per farlo è produrre un erede.»

Lui sospirò. Conosceva il suo dovere. Se gli umani erano così disposti a produrre prole come suggeriva suo padre, forse non sarebbe rimasto via a lungo. Poi si sarebbe occupato lui stesso delle indagini e avrebbe cercato vendetta. «D'accordo», disse. «Andrò sulla Terra e incontrerò questi umani.»

CAPITOLO
TRE

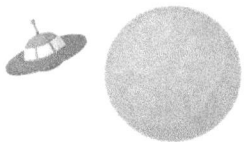

La nave di Arazhi orbitava attorno al pianeta blu-verde chiamato Terra, in attesa che il suo ufficiale della sicurezza, Zhiruto, facesse rapporto. L'Agenzia d'Incontri Intergalattica che aveva coordinato l'asta chiedeva cifre esorbitanti per partecipare ai loro eventi, il che significava che gli altri partecipanti sarebbero stati membri di famiglie reali o diplomatici, proprio come lui. Tuttavia, dopo l'attentato all'imperatore, Zhiruto aveva insistito per controllare il luogo dell'incontro di persona.

Mentre aspettava, Arazhi rilesse la lista dei requisiti culturali che l'Agenzia di Incontri Intergalattica aveva fornito nel pacchetto di orientamento sulla Terra.

- Guinzaglio obbligatorio.
- Gli esemplari devono essere registrati e vaccinati.
- Le feci devono essere rimosse dal proprietario.
- Controllare l'abbaiare eccessivo.
- Coprire eventuali buche scavate nel prato.
- Divieto di balneazione nelle fontane.
- Non disturbare la fauna selvatica.

Arazhi era stato su molti pianeti diversi e aveva partecipato a molte funzioni interspecie, ma guinzagli? Abbaiare? Feci? Che razza di specie erano questi umani? Non c'era da stupirsi che suo padre avesse cercato di mantenere il pianeta isolato finché i nativi non fossero maturati.

Eppure… le loro femmine erano stranamente affascinanti. Aveva studiato le immagini: le curve morbide, gli occhi espressivi. Poteva esserci un'altra ragione per isolare gli umani dal resto della galassia.

Si esercitò ad assumere ancora una volta la forma di un maschio umano, osservandosi attraverso uno degli schermi della telecamera negli alloggi della sua nave intergalattica. Sembrava abbastanza umano? Regolare sia il colore sia la forma non era difficile — la sua fisionomia si adattava con la stessa naturalezza del respiro — ma c'era sempre qualcosa di strano nel modellarsi per somigliare a una specie sconosciuta per la prima volta. Quella sensazione di alterazione non durava mai a lungo, ma persisteva quel tanto che bastava per ricordargli che quella era una maschera, non la realtà.

Concentrandosi, modellò un paio di pantaloni blu scuro e una camicia azzurra con colletto che si abbinava alla sua pelle. I Kirenai non avevano bisogno di vestiti, eppure gli umani nascondevano quasi tutta la pelle. *Perché?* Cosa stavano nascondendo? Pensò di nuovo alle femmine umane. Forse era per protezione.

Il suo comunicatore emise un segnale acustico e il volto di Zhiruto apparve sullo schermo. «Ho messo in sicurezza l'area. Tutti gli ospiti sono stati identificati. I traduttori universali stanno ancora aggiornando centinaia di lingue locali, ma può scendere tranquillamente, Principe Arazhi.»

«Va bene, grazie.» Arazhi non amava il teletrasporto, preferiva atterrare con il comfort e la dignità della sua nave, ma la tecnologia non essenziale era proibita sui pianeti introdotti di recente per evitare che finisse nelle mani di nativi che avrebbero potuto non essere pronti a gestirla.

Si recò nella sala di teletrasporto e attivò il sistema. La voce computerizzata disse: «Prepararsi per la materializzazione in habitat acquoso.»

Ebbe un momento di esitazione. In teoria gli umani erano creature terrestri, ma non avevano ancora sviluppato un'unica lingua da condividere, quindi forse non avevano ancora deciso di vivere definitivamente sulla terraferma. E quelle erano le stesse coordinate che aveva usato Zhiruto. Non aveva mai imparato a nuotare come bipede e odiava gli atterraggi in acqua in quella forma.

Espirando profondamente, Arazhi si rilassò nel suo stato di riposo amorfo.

Il familiare formicolio freddo della dematerializzazione lo attraversò e la visuale della sala di teletrasporto svanì. Un istante dopo, si ritrovò circondato da acqua fresca e corrente. Luci brillanti passavano dal blu al rosso al viola sotto la superficie e, sotto di lui, un pavimento piastrellato era stato cosparso di dischi metallici. Non sembrava ci fossero altri esseri in acqua.

Si ricompose nella sua forma umana, con l'acqua che gli scivolava dalle spalle lungo i fianchi. Una volta riacquisita completamente la sua forma eretta, si guardò intorno. La vasca gli arrivava solo alle ginocchia e un getto d'acqua sprizzava nell'aria notturna. Il ritmo martellante di musica terrestre proveniva da qualche punto vicino, e diversi umani lo fissavano a bocca aperta da sotto fili di luci appesi lungo un vicino sentiero di cemento. Una donna tirò fuori un piccolo dispositivo e iniziò a puntargli addosso una luce lampeggiante. Gli stava segnalando di avvicinarsi?

Uscì dalla vasca e si diresse verso di loro.

Erano tutte femmine umane e indossavano abiti di vari colori che lasciavano scoperte ampie porzioni di gambe brune o rosate. Tutte tenevano dei guinzagli collegati a piccoli quadrupedi pelosi. Un quadrupede stava emettendo un suono acuto e ripetitivo, con il corpo che sussultava a ogni esplosione di rumore. *Ah,* pensò. Questo spiegava il requisito culturale sui guinzagli. Il popolo di G'nax aveva una relazione simbiotica con un insettoide a otto zampe. Gli umani avevano dei simbionti quadrupedi?

Prima che potesse avvicinarsi abbastanza da chiedere, le femmine si allontanarono in fretta.

Non gli importò. Si concesse un momento per annusare l'aria umida della notte e guardare un minuscolo insetto dalle ali pallide volteggiare contro una delle luci. Il sentiero su cui si trovava era bordato di vegetazione verde, e lui si chinò per toccare quei fili d'erba curiosamente uniformi.

«Mio principe.» Un'alta figura blu si avvicinò lungo il sentiero dalla direzione della musica.

Sebbene la sua forma fosse insolita, Arazhi riconobbe l'Iki'i di Zhiruto. Il suo ufficiale della sicurezza aveva assunto le sembianze di un umano molto muscoloso e a torso nudo, con folti capelli blu che gli scendevano a onde lungo la schiena. Portava in mano un delicato calice colmo di un liquido dorato.

«Iniziavo a preoccuparmi», disse Zhiruto fermandosi. «Perché non ha usato le coordinate aggiornate che le ho inviate?»

«Non le ho ricevute.» Arazhi si alzò in piedi.

Zhiruto fece una smorfia. «Mi scusi. I sistemi di sicurezza hanno creato dei ritorni di frequenza e interferito con i segnali di comunicazione. Lo farò sistemare immediatamente.»

Squadrando la figura seminuda di Zhiruto, Arazhi domandò: «Tutti i maschi di questa regione si vestono in questo modo?»

«No, ma sa come sono fatto quando si tratta di emulare i vestiti.» Zhiruto gli fece l'occhiolino. L'abbigliamento era l'aspetto più difficile da integrare nel mutamento di forma dei Kirenai. «E le femmine sembrano apprezzare il mio aspetto attuale. Venga, non vogliamo perdere le prime volontarie all'asta.»

Lasciarono il sentiero, tagliando attraverso il prato rasato verso un palco brillantemente illuminato dove suonava una band. Mentre camminavano, Arazhi mutò di nuovo, emulando la forma più facile da mantenere di Zhiruto.

La melodia della band era interessante, allegra, e gli ricordava i balli a cui era stato su Sireta Prime. Ai piedi del palco, a diversi tavoli rotondi erano seduti alcuni Kirenai in forma umana, una coppia di Khargal con le corna e un singolo Fogarian dai capelli rossi con basette enormi. Umani in abiti bianchi e neri si muovevano tra i tavoli portando vassoi.

Una delle cameriere con i capelli castani raccolti in uno chignon si avvicinò, reggendo un vassoio pieno di calici di liquido dorato. Il suo sorriso era nervoso, ma sincero. «Posso aiutarvi in qualcosa?»

Arazhi aggrottò la fronte. «Come, prego?»

Zhiruto indicò il vassoio nelle mani della donna. «Le sta offrendo da bere.»

Prese uno dei bicchieri dal vassoio e annuì, notando l'interesse della donna per i grandi muscoli di Zhiruto. Non aveva nemmeno bisogno di usare il suo Iki'i per percepire la sua attrazione. Mentre se ne andava, continuava a lanciargli sguardi da sopra la spalla.

«Vedo che ha attirato un po' di attenzione.» Arazhi regolò nuovamente la sua muscolatura per somigliare più nettamente a quella della sua guardia del corpo.

«Lei non è una di quelle in vendita», rispose Zhiruto, tirando indietro una sedia a un tavolo davanti al palco. Di solito era più interessato alle femmine che incontravano, ma quella sera era concentrato sul dovere. «Le femmine che cerchiamo verranno mostrate lassù per noi.»

Arazhi guardò verso il palco, dove diversi umani stavano in piedi di lato, raggruppati intorno a una donna con un abito blu scuro. Il respiro gli si bloccò in gola e il mondo si restrinse a un unico punto.

I capelli biondi e chiari della donna erano raccolti sulla sommità del capo, ma alcune ciocche sottili erano sfuggite, arricciandosi contro le sue guance arrossate. Le sue labbra, lucide e rosee, si schiusero leggermente mentre parlava, e il suono della sua voce — sebbene non riuscisse a capirla — era melodico.

E poi c'erano i suoi occhi: grandi, espressivi, incorniciati da delicati occhiali di vetro che sembravano renderli solo più magnetici.

Oritsu, era mozzafiato. Ma ancora più affascinante era il modo in cui dirigeva le persone intorno a sé. *Proprio come una regina.*

Sospirò e distolse lo sguardo. Era esattamente il suo tipo, ma non poteva essere una delle femmine in vendita, non con quel portamento. Era senza dubbio una principessa o una dignitaria. Se doveva comprare una schiava, sarebbe stato meglio scegliere la più mite. Una donna che non avesse pretese di diventare Imperatrice dopo aver dato alla luce suo figlio e aver guadagnato la libertà.

Assaggiò il liquido gassato nel calice, ne riconobbe la natura alcolica e lo bevve in un unico sorso. Almeno questi umani avevano buon gusto in fatto di bevande. Mentre stava cercando con lo sguardo la donna con il vassoio, le luci si spensero e una voce risuonò dagli altoparlanti. Le parole erano confuse nel suo traduttore, ma colse abbastanza per capire che l'asta stava per iniziare.

Sul palco si accese un unico riflettore e la donna con l'abito blu vi salì. Ancora una volta, il respiro gli si mozzò in gola.

Teneva un microfono vicino alla bocca. «Grazie a tutti per essere venuti.»

Il suono della sua voce lo avvolse, ricco e caldo, con una cadenza sconosciuta ma innegabilmente seducente.

Un brivido gli percorse la schiena, come se un'amante gli avesse appena accarezzato la linea del piacere. Quella sensazione di formicolio era inaspettata, incontrollabile. Ed era solo la sua voce.

Oritsu, cosa gli stava facendo quella femmina?

Smise di cercare di decifrare le sue parole e lasciò semplicemente che la melodia della lingua fluttuasse sopra di lui. Perché non poteva essere lei in vendita?

Lei passò il microfono a un uomo umano con il doppio mento e una macchia di peli sulla bocca, che si spostò verso un podio nella parte anteriore del palco. Le luci si accesero dietro di lei, illuminando un gruppo di femmine tutte vestite con abiti di seta e brillantini. Molte tenevano animali tra le braccia o li conducevano al guinzaglio.

Si sporse verso Zhiruto. «Queste creature che portano sono simbionti?»

«Non che io sappia.» Zhiruto scrollò le spalle. «Credo che anche loro siano in vendita.»

I quadrupedi stavano decisamente attirando l'interesse dei Khargal, ma non del tipo che Arazhi pensava gli umani avrebbero apprezzato. Diede di gomito a Zhiruto. «Ho la sensazione che questi animali siano preziosi per gli umani, non cibo. Vada a dirlo ai Khargal prima che cerchino di mangiarne uno.»

Zhiruto grugnì, ma si alzò per parlare con gli alieni dalla pelle grigia.

Arazhi si sistemò sulla sedia e guardò le femmine sfilare sul palco in una sorta di marcia sincronizzata, con i quadrupedi al seguito. La musica finì e le donne lasciarono il palco. Rimase un'alta donna dal mento appuntito e l'uomo al podio iniziò a cantilenare con voce cadenzata.

Il Fogarian al tavolo accanto alzò una mano. «Ottomila.»

L'uomo dal doppio mento lo indicò e la donna annuì nella sua direzione.

L'asta è iniziata, si rese conto Arazhi. Considerò di alzare la mano, comprare la donna e farla finita con tutta quella faccenda. Senonché non riusciva a staccare gli occhi dalla donna in blu ferma ai margini del palco. Una dopo l'altra, le donne apparivano, venivano comprate e scendevano a conoscere i loro nuovi proprietari. Una dopo l'altra, Arazhi non riusciva a convincersi di fare un'offerta.

«Nessuna di queste femmine la attira minimamente?» chiese Zhiruto, che si era appena aggiudicato un'alta donna in abito nero.

Arazhi sospirò e alzò la mano per fare un'offerta per quella che era sul palco in quel momento, solo per essere superato dal Fogarian.

Poi la donna con l'abito blu fece un altro passo avanti, rivolgendo al pubblico un ampio sorriso, con una mano sul fianco. Il cuore di Arazhi sprofondò. L'asta era finita e lui aveva perso la sua occasione. Guardò il tavolo accanto dove una donna teneva un piccolo quadrupede in grembo e sorrideva nervosa mentre il Kirenai si allungava per accarezzarne il pelo.

Al podio, il banditore ricominciò la sua cantilena e l'attenzione di Arazhi scattò di nuovo verso il palco, incredulo.

La donna con l'abito blu era in vendita.

Un Khargal alzò la mano. «Novemila.»

La donna gli sorrise e accennò un piccolo inchino.

Arazhi era determinato ad avere quel sorriso tutto per sé. Alzò la mano. «Diecimila.»

Il Khargal grugnì, alzando di nuovo la mano. «Quindicimila.»

Adesso basta.

Arazhi si alzò, con la sedia che strideva sul pavimento. Ogni occhio si voltò verso di lui, ma lui vedeva solo *lei*. La futura madre di suo figlio meritava che il suo valore fosse riconosciuto.

«Cinquecentomila.»

L'intera assemblea cadde nel silenzio.

Sul palco, gli occhi blu della donna si spalancarono e le sue labbra si schiusero per lo shock. Il banditore rimase a bocca aperta, con la mano gelata sopra il martelletto. Poi ogni umano presente nell'area scoppiò in un applauso fragoroso e il banditore calò il martelletto. «Aggiudicata!»

Il Khargal si accasciò sulla sedia, sconfitto. «È tutta sua, Kirenai.»

Sì. Sì, lo è.

CAPITOLO
QUATTRO

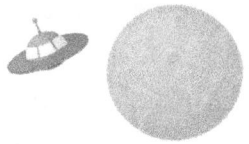

Georgie scese con cautela i gradini del palco, cercando di non inciampare negli stiletti di Louboutin che aveva comprato da abbinare al vestito. Non aveva mai posseduto scarpe così costose, nemmeno per il suo matrimonio. Ma l'Agenzia di Incontri Intergalattica non solo l'aveva pagata in anticipo per l'organizzazione dell'evento, le aveva anche rimborsato ogni singola ricevuta presentata, compreso l'abito formale. Sembravano navigare nell'oro, e lei era persino riuscita a ottenere dei sussidi per permettere alle sue volontarie di acquistare degli abiti da sera, il che aveva reso il reclutamento così facile che alla fine aveva dovuto mandare via alcune donne.

Ognuno di quegli alieni sembrava essere ricchissimo, e le loro offerte aumentavano a ogni appuntamento messo all'asta. Quasi rimpiangeva di non aver accettato tutte le donne che si erano offerte volontarie. Ma sarebbe stato avido. Così com'erano andate le cose, il rifugio non avrebbe più dovuto preoccuparsi dei finanziamenti per il resto della sua esistenza, specialmente grazie a quell'ultima offerta. *Cinquecentomila dollari!* Ed era stata per lei.

Accecata dalle luci della ribalta, non era riuscita a vedere il suo offerente, ma il suo accompagnatore avrebbe potuto avere pinne e zanne per quel che le importava. Diamine, con i soldi che avevano raccolto, persino Lora farebbe meglio a non lamentarsi di questo evento, bava o non bava. Non che ci fosse da preoccuparsi. Gli alieni che aveva intravisto mentre coordinava l'asta non erano affatto male. Un paio avevano le corna, e aveva notato un tipo terrificante che le ricordava Arnold Schwarzenegger con le zanne e una selvaggia chioma cremisi. Ma tutti gli altri sembravano solo umani con la pelle blu. Per nulla spaventosi.

Dopo aver afferrato una bottiglia di champagne e un flûte vuoto che si trovavano nelle vicinanze, attraversò a piccoli passi il prato verso il tavolo di lui, cercando di non far affondare i tacchi nell'erba. C'erano donne sedute con alieni a ogni tavolo; alcune sembravano a disagio, altre ridevano o mostravano i loro animali domestici. Con l'asta conclusa, era giunto il momento per gli ospiti di conoscersi meglio.

L'alieno che aveva fatto l'offerta per Georgie era inconfondibile mentre lei serpeggiava tra i tavoli verso di lui. Lo sguardo dell'uomo rimase fisso su di lei. Georgie si mosse lentamente, prendendosi il tempo per studiarlo. Era a torso nudo e, fatta eccezione per la pelle blu e gli occhi stranamente scuri, sembrava umano. *Splendidamente umano.* Deglutì e si impose un sorriso, chiedendosi perché fosse senza camicia. Le sue ampie spalle, il busto e le braccia da dio greco le rendevano difficile alzare lo sguardo verso il suo viso.

Quando lo fece, rimase altrettanto sbalordita. La sua mascella squadrata era l'epitome della bellezza. Occhi blu notte senza sclera bianca sembravano trapassarla da parte a parte. E una bocca sensuale le sorrideva senza curvarsi verso l'alto, come se lui conoscesse un grande segreto condiviso solo tra loro due.

Si fermò accanto alla sedia vicina a lui e balbettò: «Grazie per la tua generosità. Hai aiutato molti animali randagi.» Sollevò la bottiglia. «Vogliamo festeggiare?»

Lui annuì e porse il suo flûte vuoto.

Lei lo riempì, poi versò da bere per sé prima di sedersi accanto a lui.

Lui vuotò il bicchiere in un colpo solo, poi riprese a fissarla in silenzio mentre la band iniziava a suonare una popolare canzone country.

Sentì uno sfarfallio allo stomaco. Anche lei bevve tutto lo champagne, sperando che servisse a calmare i suoi nervi scossi. Non si sarebbe mai aspettata che un alieno fosse così attraente, tanto meno che sembrasse interessato a lei.

Nel momento stesso in cui appoggiò il bicchiere, lui lo riempì di nuovo.

I tipi forti e silenziosi erano decisamente il suo genere, e tutto in lui spingeva la sua mente verso pensieri audaci. Non usciva con un uomo dal divorzio, quindi forse era solo facile farle girare la testa, ma a onor del vero, quel tipo aveva appena sborsato mezzo milione di dollari per un appuntamento con lei e sembrava decisamente più invitante di qualsiasi modello dei Chippendales avesse mai visto.

Solo che questo non era un appuntamento qualunque, e lui non era un uomo qualunque.

Era un alieno. Poteva anche sembrare umano, ma questo non significava affatto che fossero compatibili. Il suo sguardo scivolò verso il suo grembo, chiedendosi improvvisamente come potesse essere l'attributo di un alieno. Ne aveva almeno uno?

Sentì il sorriso di lui indugiare su di lei, e il calore le imporporò di nuovo le guance. Riportando lo sguardo su quello di lui, tese una mano. *Almeno impara il suo nome, ragazza.* «Mi chiamo Georgette, ma tutti mi chiamano Georgie.» Dovette quasi gridare per farsi sentire sopra la band. «E il tuo qual è?»

«Nome», disse lui, come se saggiasse il suono della parola sulla lingua. La sua voce era profonda e vellutata – un'altra delle sue debolezze. «Arazhi», mormorò con voce roca.

Lei deglutì. «Piacere di conoscerti, Arazhi.»

Lui sembrava volerla leccare da capo a piedi mentre allungava la mano per prendere quella che lei gli offriva. Il contatto le inviò una scossa di consapevolezza in tutto il corpo, e le tornò subito in mente la battuta di Lora sul fare qualcosa di più che farsi degli amici al primo appuntamento. Georgie tendeva a essere più riservata, ma per questo tipo...

Afferrandole la mano con delicatezza, la sollevò verso la bocca come per baciarla. Ma invece di un bacio, la sua lingua scivolò fuori lungo l'incavo tra l'indice e il medio, insinuandosi alla base in un modo che le fece pensare prepotentemente ad altri tipi di fessure. Era così che si salutavano gli alieni? Sentì le mutandine improvvisamente umide.

«Oh, cielo», sussurrò, con la voce sommersa dal rullo di tamburi. Strinse le cosce e si guardò intorno, preoccupata che qualcuno potesse in qualche modo notare quanto fosse eccitata, ma l'attenzione di tutti era rivolta altrove.

Tutta l'attenzione, tranne quella di Arazhi. Il suo pollice tracciò la scia lasciata dalla lingua, inviando un altro brivido dritto al suo centro.

Lei rise con imbarazzo e ritrasse la mano, afferrando lo champagne. Non avrebbe dovuto bere altro, non dopo non aver mangiato per tutto il giorno. L'alcol le stava dando alla testa. Doveva essere per quello che il suo corpo reagiva in quel modo. Il cuore le batteva forte e sentiva la pelle accaldata.

Erano previsti degli stuzzichini per l'evento, ma non ne aveva visto passare nessuno. Dove diavolo erano i camerieri? Si guardò intorno cercandone uno, ma non se ne vedeva l'ombra.

Appoggiò il bicchiere sul tavolo e si alzò. «Devo andare a controllare una cosa.»

Arazhi si alzò con lei, mettendole una mano sul gomito. «Fame.»

Non era sicura se stesse dicendo di avere fame o se in qualche modo percepisse che l'avesse lei, ma probabilmente a quell'ora tutti gli ospiti iniziavano a sentirsi languidi. Alieni affamati e irritabili erano l'ultima cosa di cui aveva bisogno. «Torno subito con del cibo.»

Ma a quanto pare il suo alieno non capì di non doverla seguire e la seguì tra i tavoli verso la tenda del catering. Trovò una donna dall'aria trafelata in giacca bianca da cameriera che apriva altro champagne. «Perché non c'è cibo là fuori?» chiese Georgie con fermezza.

La donna arricciò il naso. «Abbiamo servito i primi arrivati, ma quegli alieni con le corna hanno mangiato tutto quello che avevamo dieci minuti dopo il loro arrivo.»

Accidenti. Georgie lanciò un'occhiata attraverso l'oscurità verso il tavolo in questione. Un alieno dalla pelle grigia e con le corna si era apparentemente aggiudicato Maise, che ora sedeva tra lui e un altro simile a lui, stringendo il proprio cane al petto come se temesse che pensassero fosse la portata principale.

«Perché nessuno me l'ha detto?» Georgie fulminò la responsabile del catering con lo sguardo. Era esattamente per questo che la sua partecipazione all'asta era stata una cattiva idea. Doveva essere libera per assicurarsi che tutto procedesse senza intoppi. «Mandi qualcuno dei suoi a prendere vassoi di formaggio e verdure o qualcosa del genere. Lo metta sul mio conto. Ho l'impressione che questi alieni non siano di gusti difficili.»

«Sì, signorina. Immediatamente.» La donna corse via per eseguire gli ordini.

Georgie si voltò e trovò Arazhi che le sorrideva, di nuovo con quell'aria di chi conosce un segreto. Aveva una fossetta sulla guancia. Dio, aveva un debole per le fossette. Era possibile che diventasse ancora più sexy? Deglutì e ricambiò il sorriso.

«Vieni», disse lui, e le prese di nuovo il gomito, guidandola lontano dall'asta verso il parco.

«Non dovrei proprio andarmene.» Si guardò alle spalle verso il palco dove un'altra donna dell'asta, in paillette dorate, sollevava il suo gatto come Rafiki ne *Il Re Leone*.

La mano di Arazhi rimase ferma sul suo gomito, spingendola verso la fontana. «Continua a parlare, ti prego.»

Che richiesta strana. «Di cosa?»

Lui si toccò l'orecchio con un dito. «Il traduttore sta imparando.»

«Oh.» Non aveva nemmeno riflettuto sul fatto che gli alieni parlassero o meno l'inglese. *Merda, e se non avesse capito quanto aveva effettivamente offerto?* Sarebbe stata proprio la sua fortuna scoprire che gli alieni stavano spendendo la loro versione dei soldi del Monopoli. «Capisci cosa sta succedendo stasera?»

Lui si fermò e la voltò verso di sé, con la fossetta di nuovo in bella mostra. «I soldi sono buoni.»

Fu sollevata nel sentirlo. Eppure, finse di scacciare la preoccupazione con un gesto della mano. «Oh, non ero preoccupata per quello. Volevo solo assicurarmi che ti stessi divertendo.»

Lui si fece più vicino, costringendola a guardare in alto.

Lei trasse un respiro nervoso. Aveva un odore meraviglioso, leggermente dolce e un po' come dell'ottimo tabacco.

Con una mano, lui le scostò una ciocca di capelli dal viso, guardandola negli occhi con una fiera possessività che le fece sentire le gambe come gelatina. La sua voce baritonale ripeté: «Divertendo.»

Sta per baciarmi?

Mentre lo pensava, un braccio potente le cinse la vita, attirandola contro di sé.

I suoi capezzoli si turgidirono e l'intimità tra le sue cosce pulsò di desiderio. Lui era calore e muscoli duri contro le sue curve morbide. Lasciò cadere la testa all'indietro, chiudendo gli occhi.

L'esplosione di sensazioni quando le sue labbra incontrarono quelle di lei la lasciò stordita. Fu come se il desiderio puro le venisse iniettato nel sangue. Il suo bacio era morbido ma deciso, la sua lingua scivolava calda tra le labbra di lei come ambrosia che le riempiva la bocca. La esplorò per quella che sembrò un'eternità, eppure finì troppo presto. La sua grande mano era aperta sulla parte bassa della sua schiena, tenendola premuta contro quella che era chiaramente un'erezione pulsante.

Ai margini della sua coscienza, dei suoni penetrarono nella nebbia del desiderio. Un cane stava abbaiando. Qualcosa andò in frantumi. Grida riempirono l'aria.

Risvegliata bruscamente da quel bacio onirico, si allontanò dal petto di Arazhi. Qualcosa non andava.

Diversi ospiti della festa le corsero accanto verso il parcheggio.

Afferrò il braccio di una donna che le passava davanti. «Cosa sta succedendo?»

«Gli alieni stanno sparando raggi della morte o roba simile! Un mucchio di loro si sono sciolti in poltiglia!» La donna si liberò con uno scossone e continuò a correre.

«Oh, Dio!» Questa non era una contingenza che aveva previsto. Cosa doveva fare? Si sollevò il vestito e si sfilò le scarpe, preparandosi a tornare indietro per fermare il caos.

L'alieno blu che era stato seduto accanto ad Arazhi corse verso di loro, gridando qualcosa.

Dietro di lei, Arazhi disse: «Pericolo.»

Prima che potesse fare un altro passo, lui la strattonò di nuovo contro il proprio petto.

«Mettimi giù!» si divincolò lei. «Devo fermare tutto questo!»

Ma la sua stretta era come una morsa d'acciaio. Poi, fu come se si trovasse improvvisamente avvolta nel cellophane. Tutto divenne sfocato. Non riusciva a muoversi, non riusciva a respirare. Il terreno sembrò ondeggiare e spostarsi.

E non si trovava più nel parco.

CAPITOLO
CINQUE

L'ufficiale della sicurezza di Arazhi non era il tipo da esagerare il pericolo, così quando Zhiruto aveva urlato al principe di teletrasportarsi fuori dal pianeta, Arazhi aveva rapidamente racchiuso Georgie nella sua matrice e segnalato alla nave il recupero. Non era il modo più elegante per portarla a bordo del suo vascello, ma il sistema di teletrasporto non aveva ancora la firma genetica della donna e lui non aveva intenzione di lasciarla indietro.

Si rimaterializzarono sul ponte e Georgie inciampò in avanti, ansimando. Il suo Iki'i percepì lo shock della donna, il che era comprensibile: dopotutto, proveniva da una specie primitiva. Probabilmente non aveva idea di dove fossero o di come ci fossero arrivati.

Mentre lei era di schiena, fissando a bocca aperta lo schermo panoramico che mostrava una parte dell'orizzonte blu-verde della Terra, lui riassemblò la sua matrice nella forma umana che lei preferiva. Aveva apportato lievi modifiche ai suoi lineamenti per tutta la sera e credeva di aver raggiunto il suo standard di bellezza. Il passo successivo sarebbe stato valutare i suoi gusti in merito agli aspetti più intimi della sua anatomia.

Si avvicinò alla console delle comunicazioni. Aveva bisogno di scoprire cosa fosse successo sulla Terra. Dov'era Zhiruto? Il suo ufficiale della sicurezza avrebbe dovuto materializzarsi sul ponte subito dopo di lui.

«Zhiruto, sei ancora sulla superficie?»

Un familiare volto blu apparve sullo schermo. «Sì. Ho ordinato il blocco di tutti i teletrasporti per impedire ai sospetti di fuggire.»

«Pensi che qualcuno stesse cercando di assassinarmi?»

«Dobbiamo presumere di sì.» Un cane stava abbaiando e l'immagine si inclinò lateralmente mentre Zhiruto guardava oltre la spalla una donna in abito cremisi che tratteneva un quadrupede allampanato dalla pelliccia rossastra.

Georgie si fece avanti accanto ad Arazhi, appoggiando le dita contro lo schermo. «Lora! Stai bene?»

Il traduttore universale sembrava mettersi in pari, ma non era ancora perfetto. La donna in uniforme si voltò verso la telecamera, guardando oltre la spalla di Zhiruto. «Georgie? Dove sei?»

Lo schermo tornò a inquadrare Zhiruto. «Mio principe, devi lasciare l'orbita immediatamente. Non so quanti assassini ci siano, né se qualcuno sia fuggito verso le proprie navi prima del blocco. Potresti essere ancora in pericolo.»

«Non me ne vado senza di te.» Lasciare indietro il suo ufficiale della sicurezza era una grave violazione del protocollo, per non parlare del fatto che Zhiruto era suo amico.

«Continuerò le ricerche qui. Me la caverò, ma tu non puoi essere compromesso. Ora va'!»

Arazhi esitò, poi premette il pulsante che avrebbe eseguito la rotta di fuga preprogrammata. Odiava lasciare Zhiruto indietro, ma confidava nel fatto che il suo ufficiale della sicurezza sapesse cosa stava facendo.

Un piccolo sussulto precedette il cambio di traiettoria, poi lo schermo divenne nero mentre entravano in FTL.

Georgie gli afferrò il braccio. «Riapri la comunicazione. Ho bisogno di sapere se i miei amici stanno bene.»

Mettendole una mano con delicatezza sulla spalla, le trasmise calma. «La comunicazione è impossibile mentre il motore a velocità superiore a quella della luce è attivo, ma il mio ufficiale della sicurezza ha tutto sotto controllo. Non preoccuparti. Ne sapremo di più dopo aver raggiunto Kirenai Prime.»

«K-Kirenai Prime? Che cos'è?»

«Il mio pianeta natale.»

«Ma che diavolo?» Si scrollò di dosso la sua mano. «Non andrò su un altro pianeta. Devo tornare sulla Terra! Gira questa cosa immediatamente.»

Lui percepì che lei si stava concentrando sulle sue responsabilità per tenere a bada il panico crescente. Mantenere il controllo la faceva sentire al sicuro. *Sarà una madre formidabile per i nostri figli,* pensò. Sorrise ed emanò piacere, anticipazione e un'allusione di desiderio. Non poteva farci nulla, per quest'ultima parte. Qualcosa in lei gli faceva desiderare – avere bisogno – di renderla felice. Sebbene si fosse venduta come serva vincolata, progettava di trattarla come una principessa. «Non possiamo fermarci finché non avremo raggiunto la nostra destinazione. Vieni, adesso mangeremo.»

Lei fece un passo indietro. «Non voglio mangiare. Voglio scendere da questa nave. Riportami sulla Terra in questo istante.»

Ora la sua testardaggine stava diventando un fastidio. Il compito di una serva vincolata era rendere felice lui, non il contrario. Serrò la mascella e le circondò il gomito con una mano per guidarla fuori dal ponte. «La tua responsabilità d'ora in poi è solo verso di me.»

«Ma di che cosa stai parlando?»

Lui aggrottò la fronte. Perché continuava a emanare confusione? Era venuta al suo tavolo dopo che lui aveva acquistato il suo contratto. «Ho acquistato il tuo contratto. Mi appartieni, adesso.»

Lei sussultò e inciampò, anche se non indossava più

quelle ridicole scarpe a punta. «Credevi di comprare una schiava?»

Lui sbatté le palpebre. «Certamente.»

Lei rimase a bocca aperta. «Era un'asta di beneficenza, per l'amor del cielo! Un evento a favore del nostro rifugio per animali. Hai comprato un *appuntamento* con me, non una vita di servitù.»

Lui socchiuse gli occhi. Aveva speso una cifra esorbitante per lei e, sebbene il denaro non fosse un problema, non era intenzionato a lasciar perdere. Era perfetta e la bramava più di quanto avesse mai desiderato una femmina prima d'ora. «Alla Terra è stato permesso di unirsi al consorzio solo perché ha offerto femmine consenzienti. Non hai accettato la mia offerta?»

«Beh, sì, ma...»

«Allora, come serva reale vincolata, sarai trattata bene. Ti concederò persino la libertà dopo che ci saremo riprodotti con successo.»

Un picco di eccitazione emanò da lei, in contrasto con il tono aspro della sua voce. «Riprodurci? Nel senso di fare dei bambini?»

«Sì. Ho bisogno di un figlio maschio.»

Lei scoppiò in una risata amara. «Beh, la fregatura l'hai ricevuta tu, bello. Non avrai un figlio da me, maschio o femmina che sia.»

Lui inclinò la testa. Le emozioni di Georgie erano un turbine di contraddizioni attraverso il suo Iki'i. Voleva stare con lui e sembrava desiderare un figlio. Ma resisteva anche ai suoi desideri. «Ti sto offrendo un grande piacere.»

Le sue labbra si schiusero per un momento e lei espirò lentamente prima di dire: «Se vuoi davvero compiacermi, portami a casa.»

Forse era troppo indulgente con lei. Si sapeva poco delle abitudini di accoppiamento umane, ma molte specie richiedevano che un maschio interessato insistesse nel suo corteggiamento finché la femmina non cedeva. Prendendola per le spalle, la fece indietreggiare verso la parete color lavanda. «Ti godrai la nostra riproduzione, te lo prometto.»

L'energia sessuale fluiva come una corrente tra loro. Lei apprezzava la sua forza. Eppure protestava ancora. «Non capisci. Questa fabbrica è fuori servizio. È inagibile.»

Non comprese il suo modo di dire. *Il traduttore universale deve essere ancora in fase di aggiornamento,* pensò. Ma il linguaggio non richiedeva sempre le parole.

Facendo scorrere le mani lungo le sue braccia, inserì i pollici tra le sue dita nel modo che le era piaciuto durante la festa. I suoi occhi azzurri si erano scuriti e le sue guance erano arrossate come il sole su Hynodae. Chinando il capo verso di lei, sfiorò le sue morbide labbra con le proprie.

Lei trattenne il respiro per la sorpresa, il corpo perfettamente immobile.

Rimanendo a un soffio di distanza, aprì il suo Iki'i, cercando il suo vero desiderio. Serva vincolata o no, non si sarebbe riprodotto con una femmina riluttante. C'era qualcosa nelle sue emozioni che non capiva, una paura di qualcosa d'altro oltre a lui. Ma ancora più forte era la sensazione che gradisse la sua bocca sulla propria.

Sollevò una mano verso la gola della donna, inclinandole il viso verso di sé. Fece scivolare la lingua lungo le sue labbra socchiuse, esplorandone delicatamente i contorni. Lei appoggiò i palmi contro il torace di lui, come se intendesse respingerlo, ma non cercò di spostarlo. Al contrario, le sue dita scivolarono sui pettorali, esplorando i muscoli che lui aveva scolpito.

Un breve guizzo di gratitudine per aver seguito il suggerimento di Zhiruto nella scelta della forma lo attraversò, poi la sua lingua si spinse all'interno della bocca di lei. Le labbra di lei si ammorbidirono e si aprirono ulteriormente, accettando i suoi tocchi lenti e interrogativi. Lui andò più a fondo, con il suo Iki'i fremente per il crescente desiderio di lei.

Aveva il sapore della rugiada mattutina sulle fronde di happa, leggermente dolce con una nota di muschio. Non c'era da stupirsi che il mercato nero rapisse le femmine umane. Erano tutte così inebrianti? Non lo pensava. Non si era sentito minimamente attratto dalle altre donne che aveva visto all'asta.

L'unica che voleva era Georgie.

Le strinse la vita, amandone la curva e immaginando al contempo suo figlio che cresceva dentro di lei. Mai in tutta la sua esperienza una donna lo aveva fatto pensare in quel modo. Lo aveva fatto sentire così bene nella propria pelle. Georgie era speciale. Aveva avuto ragione nella sua prima valutazione su di lei: non era destinata a essere una serva vincolata e lui non avrebbe imposto il suo contratto.

Ma l'avrebbe convinta a essere la sua amante.

CAPITOLO
SEI

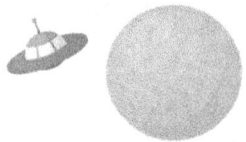

Avere un bambino era stata una fantasia di Georgie fin da quando aveva scoperto il sesso; una fantasia ridotta in polvere da anni di trattamenti per la fertilità, i cui granelli rimasti erano stati spazzati via dal divorzio. Non ci sarebbe mai stato un bambino per lei. Eppure, il discorso di Arazhi sulla procreazione la travolse come una droga.

Lui spinse la lingua tra i denti di lei, il petto muscoloso che la premeva contro la parete aliena curva alle sue spalle. Un brivido di desiderio le corse dai capezzoli fino al suo centro. Lei non era piccola o esile, ma il modo in cui il corpo di lui copriva il suo, il modo in cui la sua mano grande le sosteneva la testa mentre la baciava, la faceva sentire più femminile di quanto si fosse mai sentita prima. Come se fosse nata per essere baciata.

Baciata da lui.

Lei sollevò il mento per andargli incontro, facendo scivolare le mani sul suo petto nudo per esplorarne i muscoli. Era scolpito, senza un grammo di grasso sul corpo, e il fatto che volesse proprio lei era sbalorditivo. Era ovvio che non capisse che lei non poteva dargli un figlio, ma era stata onesta, quindi, per il momento, si sarebbe goduta il piacere che lui le aveva promesso. In ogni caso, non era come se potesse fare qualcosa per aiutare i suoi amici da lì.

Il palmo di lui le risalì lungo la vita finché il pollice non si fermò alla piega sotto uno dei suoi seni.

Con i capezzoli che pulsavano per il suo tocco, lei inarcò la schiena.

Lui le prese il seno nella mano, spingendo la lingua nella sua bocca con colpi rapidi e sicuri.

Non ricordava l'ultima volta che era stata baciata così profondamente. Le girava la testa. Le sue mani scivolarono sui muscoli solidi lungo le costole di lui, come se lui fosse l'unica cosa a tenerla in piedi.

Il pollice di lui accarezzò il tessuto che copriva il capezzolo, facendolo indurire in risposta. Poteva solo immaginare quanto sarebbe stato meglio sulla pelle nuda.

Come se avesse avuto lo stesso pensiero, lui fece scivolare la spallina sottile del suo abito giù dalla spalla e lungo il braccio, esponendo la parte superiore del reggiseno a fascia.

Lei inclinò la testa, lasciando che la lingua indagatrice di lui le lambisse la pelle. Brividi di delizia la attraversarono al suo tocco. Non stava con un uomo da quando Josh l'aveva lasciata, e i suoi ormoni erano in fiamme.

Arazhi tirò la spallina, spezzandola in due, e lei tornò bruscamente alla realtà. Quell'abito era costato una fortuna. Gli afferrò la mano. «Che cosa stai facendo? Non strapparmi il vestito!»

Arazhi fece un passo indietro così velocemente che lei per poco non crollò. I suoi occhi erano spalancati mentre guardava la spallina rotta. «Ti ho fatto del male?»

Lei teneva il bordo reciso della spallina, cercando di capire se potesse essere riparata. «Potevi usare la cerniera!»

«Che cos'è una cerniera?»

Lei espirò lentamente e si morse il labbro inferiore. Non sapeva cosa fosse una cerniera. *È un alieno, che cosa ti aspettavi?* Non avrebbe dovuto pomiciare con lui, comunque. Doveva concentrarsi sul tornare a casa. Deglutendo, fece scivolare una mano sul davanti dell'abito per coprire il reggiseno esposto. «Quanto manca all'arrivo sul tuo pianeta?»

«Circa sedici *jiro*.»

Sperò davvero che *jiro* si traducesse in minuti. «Ehm, puoi dirmelo in tempo terrestre?»

«Credo che siano quasi due dei vostri giorni terrestri.»

Le si strinse lo stomaco. *Due giorni?* Il doppio, se contava il viaggio di ritorno. E non aveva ancora idea se i suoi amici stessero bene. «Possiamo andare più veloci?»

«Non in modo significativo, no.» Inclinò la testa, come se stesse ascoltando qualcosa. «Hai fame. Vieni, ti mostro la cucina.» Senza aspettare che lei acconsentisse, si voltò e uscì dalla stanza.

Aveva fame e, se stava per affrontare diversi giorni di viaggio nello spazio, probabilmente avrebbe fatto meglio a mangiare. Mentre seguiva Arazhi, lanciò un'occhiata alle strane pareti pastello intorno a lei, nervosa per ciò che gli alieni potessero considerare cibo. Aveva visto diversi episodi di Star Trek in cui gli alieni mangiavano vermi vivi o altre schifezze.

La realtà la colpì all'improvviso: si trovava su un'astronave aliena. E tutto era completamente diverso da qualsiasi cosa avesse mai immaginato. Le pareti non erano di metallo, ma scanalate come foglie giganti e brillavano di una pallida luce color lavanda, come se fossero uscite da una fiaba. L'aria aveva un profumo dolce che ricordava leggermente la menta piperita, con una corrente calda di aria fresca che fluiva dal corridoio curvo in cui Arazhi era entrato.

Fece scorrere la punta delle dita lungo una spessa nervatura di sostegno che correva per tutta la lunghezza del corridoio. La superficie era calda e coriacea, quasi viva. «Di che cosa è fatta questa parete?»

«Le pareti interne sono coltivate da una variante di popotan.» La guardò da sopra la spalla, la fossetta che accennava al suo quasi sorriso. «Non vedo l'ora di mostrarti le fattorie dove lo coltiviamo su Kirenai Prime. Le colline ondulate laggiù sono incantevoli.»

Lei tolse la mano dalla parete e lo guardò torva. «Non andremo in gita in qualche fattoria. Non appena raggiungeremo il tuo pianeta, contatteremo l'Agenzia di Incontri Intergalattica e sistemeremo la faccenda.»

«Certamente.» Lui tornò a prestare attenzione al corridoio davanti a sé. «Dico solo che troveresti le fattorie piacevoli. Ci giocavo spesso da bambino.»

I suoi passi rallentarono. Cercava di essere arrabbiata con lui, di resistere al richiamo di un sogno che non si sarebbe mai potuto avverare. Ma se la sua specie avesse avuto una tecnologia in grado di permetterle di avere un figlio? *Un piccolo Arazhi sarebbe così carino*, pensò, immaginando un bambino blu e paffuto che giocava tra file di foglie viola. *E concepire quel bambino con Arazhi...* Sentì un fremito al ricordo della mano di lui sul suo seno.

Lasciò che il suo sguardo seguisse la curva muscolosa della spalla blu di lui fino alle linee della schiena. Alieno o no, lui premeva tutti i tasti giusti. Alto, voce profonda, muscoloso e quella fossetta quando sorrideva; era continuamente sul punto di dimenticare tutto e lasciare che lui le regalasse piacere come aveva promesso.

Scosse la testa, rifiutandosi di assecondare i suoi pensieri. Arazhi non le stava chiedendo di sposarlo e avere una famiglia. Voleva usarla per la *riproduzione* come se fosse bestiame. Aveva persino detto che le avrebbe concesso la libertà in seguito, il che poteva solo significare che intendeva toglierle il bambino. Non avrebbe mai avuto un figlio solo per rinunciarvi. Ma lasciare la Terra per vivere su un pianeta alieno? Neanche per sogno. Aveva i genitori, gli amici e una vita; per quanto valesse.

Arazhi varcò una porta a sinistra e lei si fermò sulla soglia. Qui, tra le nervature delle pareti, erano inseriti scaffali di stoccaggio e al centro c'era un tavolo d'oro spazzolato, circondato da poltrone da comandante di un viola vellutato. Un profumo paradisiaco la raggiunse, ricordandole il maiale arrosto con le mele, mentre Arazhi posava un vassoio ovale sul tavolo.

Il suo stomaco brontolò e lei guardò i grumi arancioni luccicanti adagiati sopra qualcosa che poteva passare per riso. Nonostante la fame crescente, tornò la preoccupazione di mangiare cibo alieno. «Sei sicuro che gli esseri umani possano mangiare il vostro cibo?»

Lui sorrise e ancora una volta la sua fossetta le fece sussultare il cuore. «Ho verificato che tutto qui è compatibile con la fisiologia umana.» Accanto al vassoio posò un cesto di frutti rossi e tondi che sembravano prugne con le estremità a punta. «Lascia che ti mostri come mangiamo questo piatto.»

Trasferendo un frutto in una ciotola poco profonda, lo schiacciò abilmente fino a ridurlo in pasta con un utensile simile a una piccola spatola. Girò la spatola e infilò l'estremità appuntita del manico in uno dei grumi arancioni, lo immerse nella pasta, poi riportò il boccone coperto di purea sul vassoio, facendolo rotolare per raccogliere i granelli marrone chiaro.

Tenendolo vicino alla bocca di lei, disse: «Prova.»

Con la mascella serrata, lei scosse la testa. «Prima tu.»

Lui rise, lo mangiò e ripeté il processo, offrendole il boccone successivo. «Puoi sputarlo se lo trovi sgradevole.»

Il cibo aveva un buon odore e lui sembrava apprezzarlo. E avrebbe dovuto mangiare qualcosa prima di tornare sulla Terra. Tanto valeva farlo ora. Aprì la bocca e lasciò che lui le poggiasse il cibo sulla lingua.

Un'esplosione di sapore le riempì i sensi: dolce e ricco con una punta di spezie. Era croccante fuori e morbido e succoso dentro, un po' come il pollo fritto. Il sapore delizioso scivolò giù per la gola prima ancora che potesse pensare di fermarlo. «Cos'è? È fantastico.»

«Un piatto chiamato akeno. È una radice con una glassa di urebi, uno dei miei preferiti.»

«Capisco perché.» Allungò la mano verso l'altro utensile a spatola, ma lui aveva già un altro boccone pronto per lei.

Questa volta prese l'utensile dalle sue mani per nutrirsi da sola, godendosi l'ondata di sapore. Quando finì di masticare, lui fece scivolare una tazza verso di lei. «Questa si abbina bene. Prova.»

Lei annusò il liquido frizzante. Aveva l'odore di caramelle aspre alcoliche. Prese un piccolo sorso. La nota aspra era un complemento perfetto per l'akeno, e ne bevve un sorso più lungo. «È rinfrescante. Grazie.»

«Lo produciamo con il frutto zhupakuri. È originario di Kirenai Prime.»

Rilassandosi sulla sedia, si lasciò imboccare di nuovo. Odiava ammetterlo, ma avrebbe potuto abituarsi a un trattamento del genere. «Come si chiama la vostra specie? I Kirenai?»

Lui le sorrise radioso. «Esatto.»

Dannazione. Perché le piaceva così tanto il suo sorriso? Prese un altro sorso per nascondere la distrazione. «Perché hai lasciato indietro il tuo amico?» Non aveva capito la loro lingua, ma aveva percepito la tensione tra loro durante la chiamata di prima. «Le persone che ci sono passate accanto vicino alla fontana dicevano qualcosa a proposito di alieni che si trasformavano in pozze di melma.»

Gli occhi di Arazhi brillarono e lui si raddrizzò sulla sedia. «Vuoi dire che si sono destabilizzati?» Prima che lei potesse rispondere, lui si alzò, il volto contratto in una smorfia di rabbia. «*Kuzara*! Il cibo!»

Georgie si portò una mano alla bocca, ricordando quanto velocemente fossero stati consumati gli stuzzichini. «Oh, Dio, non avrei mai immaginato che il nostro cibo potesse essere dannoso per gli alieni.»

«Il cibo umano non è dannoso per noi. L'Agenzia di Incontri Intergalattica ha verificato la compatibilità prima della festa.»

Lei espirò in modo tremante. «Allora cosa intendi dire?»

Lui camminò avanti e indietro per la stanza. «È stato un tentativo di assassinio. Qualcuno ha avvelenato l'imperatore nello stesso modo. Ora stanno dando la caccia a me.»

«A te? E perché?»

Lui interruppe il suo andirivieni. «Sono il suo unico erede.»

Lei deglutì mentre l'implicazione diventava chiara. Se Arazhi era il figlio di un imperatore, questo poteva significare solo una cosa.

Era stata acquistata da un principe.

CAPITOLO
SETTE

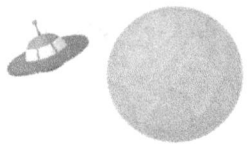

Arazhi rimase immobile, osservando l'espressione di Georgie cambiare mentre le sue emozioni fluttuanti stuzzicavano il suo Iki'i. Le donne gli cadevano ai suoi piedi quando scoprivano chi fosse, e non si aspettava nulla di diverso da questa splendida terrestre.

Ma quando lei incrociò il suo sguardo, gli chiese: «Tuo padre sta bene?»

La sua sincera compassione lo colpì dritto al cuore. Era abituato a dispensare empatia, non a riceverla. Tutta l'ansia che aveva tenuto dentro da quando aveva saputo delle condizioni di suo padre minacciava di esplodere. «Non lo so», disse, mantenendo la voce ferma. «I nostri guaritori stavano ancora cercando un antidoto quando sono partito.»

«Mi dispiace.» Georgie aggrottò le sopracciglia. «Non gli sei molto legato?»

«Perché me lo chiedi?» Lui si accigliò, offeso dalla domanda. La famiglia significava tutto per i Kirenai; dal momento in cui creavano un legame, vivevano e morivano per il compagno e per i figli. I figli Kirenai onoravano e amavano profondamente i propri genitori. «Certo che siamo legati. È mio padre.»

Lei si rannicchiò sul sedile, mentre l'imbarazzo fluttuava verso di lui. «È solo che sei qui, non con lui. Se fosse mio padre, vorrei stargli accanto in ogni momento per assicurarmi che stia bene.»

Lui fece una smorfia, accorgendosi improvvisamente di avere le mani serrate a pugno. Non voleva spaventarla. Rilassando la postura, tornò a sedersi sulla sedia accanto a lei. Forse se avesse capito il vero motivo per cui aveva bisogno di lei, avrebbe smesso di resistere. «Siamo legati. Ma se non genererò un erede prima che muoia, la mia famiglia perderà il trono.»

«Oh.» La fronte di lei si corrugò. «Perché venire fino sulla Terra? Non ci sono donne sul tuo pianeta?»

La conversazione stava prendendo una piega inaspettata, e lui non aveva voglia di imbarcarsi in una lezione di biologia sul mutamento di forma e sul legame di coppia in quel momento, quindi si mantenne sul semplice. «I Kirenai richiedono una femmina di una specie diversa per riprodursi. Si dice che gli umani siano i più fertili, e io ho bisogno di una femmina che possa concepire e partorire un figlio in fretta.»

Il corpo di lei si tese e lei scosse la testa. «Non conosco nessuna donna disposta ad avere un bambino e poi a consegnarlo così, soprattutto a qualcuno che vive su un altro pianeta. Il diritto di visita sarebbe un incubo.»

«Non mi sognerei mai di separare una madre dal proprio figlio. Parte del motivo per cui sono venuto sulla Terra è che mi è stato detto che gli umani sono madri eccellenti.»

«Oh.» Lei distolse lo sguardo. Il rimpianto galleggiava come un miasma amaro intorno a lei. «In tal caso, sono sicura che potrai trovare una donna disposta ad avere il tuo bambino non appena saremo tornati sulla Terra. C'erano diverse volontarie per l'asta che ho dovuto rifiutare.»

Lui si accigliò. Pensava di averle fatto un complimento, assicurandole che aveva fiducia in lei come madre di suo figlio. Perché continuava a negare il proprio desiderio? Era un tratto unico di Georgie, o tutte le femmine umane erano così difficili? Le posò una mano gentile sul braccio. «Ma io non voglio un'altra femmina. Voglio te.»

Lei si allontanò bruscamente dal tavolo e si alzò, con il rimpianto ormai consumato da un dolore cocente e dalla rabbia. «Non mi stai ascoltando. A meno che tu non abbia un modo per riparare l'hardware guasto, devi trovare qualcun altro con cui fare bambini alieni, okay?»

Ancora con quei modi di dire indecifrabili. «Non capisco.»

I suoi occhi brillarono mentre si indicava il ventre. «Sono sterile. Infeconda. Rotta. Difettosa.» La sua voce si incrinò. «Incapace di avere figli. Capito?»

Non aveva bisogno di usare il suo Iki'i per sentire il suo dolore. Poteva leggerlo nei suoi occhi. «Ah.» Spostò lo sguardo sul suo ventre. «È un problema fisico o genetico?»

«Non lo so!» Si voltò dall'altra parte. «I medici hanno fatto ogni test possibile e non sono riusciti a curarmi.

Riportami sulla Terra e scambiami. Sono sicura che un principe alieno sexy come te non avrà problemi a trovare qualcun altro.»

Dolore e angoscia sgorgarono su di lui a ondate, riempiendo la stanza come l'odore amaro della resina di legno nilga. Tutto quello che voleva era confortarla. «La fisiologia umana è nuova per il consorzio galattico, ma ci sono guaritori tra i Qalqan che...»

Lei troncò con un gesto. «Ho provato ad avere un bambino per otto anni e ne sono uscita a cuore spezzato. Non posso sopportare un altro fallimento. Inoltre, tu non hai tempo per test e trattamenti. Ti serve qualcuno che ti dia un figlio in fretta.»

Allora comprese: lei non gli stava resistendo tanto quanto voleva fare la cosa giusta. Era onesta. Ma la sua sincerità non faceva altro che fargliela desiderare di più. «Lascia che sia io a preoccuparmene.»

La speranza divampò contro il suo Iki'i, ma morì quasi altrettanto in fretta. «Preoccupati quanto vuoi, ma lasciami fuori. Io sono andata avanti.»

Lui capiva che non era andata avanti; desiderava ancora esattamente ciò che lui le offriva, indipendentemente dal suo rifiuto di vedere un guaritore. E lui la voleva a prescindere dalla sua capacità di avere figli, anche se solo per un singolo interludio di passione. «Allora non parliamone più. Mi piacerebbe comunque darti piacere, se sei d'accordo. Non raggiungeremo la Terra prima di diversi dei tuoi giorni, e non riesco a immaginare un modo migliore per trascorrere quel tempo.»

Lei strinse gli occhi, asciugando con rabbia una lacrima che le era sfuggita dall'angolo dell'occhio.

Non era un sì, ma non era nemmeno un no, e lui sentiva che era tentata. Si alzò per affrontarla e le scostò delicatamente una ciocca di capelli dietro l'orecchio, lasciando che le punte delle dita scivolassero leggere lungo il lato del collo fino alla spalla. La sua indecisione sembrava una lastra di ghiaccio sottile che si scioglieva al sole. Si chinò più vicino, lasciando che il suo respiro scaldasse la pelle dove le sue dita avevano toccato. «Cosa hai da perdere?»

Mordendosi il labbro inferiore, lei scrollò le spalle. «Immagino di non avere niente di meglio da fare.» Sollevò gli occhi arrossati per incontrare i suoi. «A patto che tu capisca che non ci saranno bambini.»

Lui sorrise e la attirò tra le braccia. «Pensa solo al piacere.»

Le avrebbe fatto dimenticare tutto il dolore e il rimpianto.

CAPITOLO
OTTO

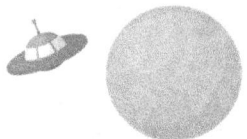

Verso la fine del matrimonio di Georgie, il sesso era diventato così focalizzato sul rimanere incinta che era sembrato un dovere meccanico. Arazhi le stava offrendo la possibilità di godere di nuovo del proprio corpo. Ed era passato così tanto tempo dall'ultima volta che si era sentita desiderabile.

Si rilassò tra le sue braccia, ancora preoccupata di fare un errore. Poteva godersi lo stare con lui per il momento, prima che lui passasse oltre e trovasse una donna adatta. Una che potesse dargli tutto quello che lei non poteva. Era stata sollevata nell'apprendere che lui non intendeva portare via il bambino alla madre, ma era un sollievo agrodolce. *Perché non posso essere io?*

Arazhi la baciò dolcemente, come se percepisse il suo bisogno di tenerezza, accarezzandole i capelli, posando leggeri baci a farfalla sulle guance e sulle palpebre. Poi premette la fronte contro la sua, limitandosi a stringerla a sé e a lasciare che la sua presenza la avvolgesse.

Dopo alcuni momenti di calma, disse: «Vieni.»

Prendendola per mano, la condusse lungo il corridoio dalle venature violacee verso un'altra stanza circolare. Al centro svettava un letto rotondo rifatto con lenzuola che sembravano una glassa a specchio iridescente. Le pareti erano tappezzate di mensole, piene di un assortimento di oggetti bizzarri. Il suo sguardo si posò su un cubo tremolante con l'immagine di un uomo blu con il braccio intorno a una donna dalla pelle d'alabastro. Erano i genitori di Arazhi? Ma prima che potesse chiedere, fu spinta con delicatezza sul letto.

Le coperte cangianti sembravano morbide come il burro contro le sue braccia e le sue spalle nude. Tutti i pensieri sulle foto della sua famiglia la abbandonarono mentre alzava lo sguardo verso i muscoli perfettamente scolpiti del torso e degli addominali di Arazhi. I suoi occhi scuri come la mezzanotte erano sexy da morire, e il modo in cui la guardava le mozzava il respiro in gola.

Lui le posò le mani sulle cosce e fece scivolare lentamente l'abito verso l'alto, lasciando che l'aria le accarezzasse le gambe. Quando l'orlo raggiunse la parte superiore delle cosce, il suo intero corpo tremava per l'anticipazione. Lui lasciò che i pollici scivolassero tra le sue gambe, accarezzando morbidamente verso l'alto esattamente nel modo in cui lei aveva immaginato quando lui le aveva leccato le dita della mano.

Lei espirò tremando e rilassò le gambe, lasciando che si aprissero sotto il suo tocco mentre lui risaliva. La punta del suo dito urtò contro le mutandine e lei si tese involontariamente verso di lui.

Trattenendo un sorriso, lui passò i pollici sul pizzo che le copriva i fianchi, inviando brividi di puro piacere dritti al suo centro.

«Voglio vederti nuda», disse lui, «mostrami come togliere il tuo abito.»

Sebbene si sentisse pronta a strapparsi le mutandine e a lasciare che lui la prendesse, obbedì e si rotolò sulla pancia. «Tira giù la linguetta di metallo.»

Le ginocchia di lui affondarono nel materasso ai suoi lati mentre si metteva a cavalcioni dei suoi fianchi, poi il calore delle sue mani incontrò la sua schiena. Abbassò la cerniera finché non si fermò alla base della colonna vertebrale. «Chiusura intrigante.»

Lei ridacchiò. «Pensavo che la tua specie fosse avanzata. Come puoi non conoscere una cerniera lampo?»

«Noi usiamo il tessuto *supo*. Non c'è bisogno di cerniere.» Le sue mani scivolarono lungo la schiena di lei sotto il corpetto e sopra la spallina del reggiseno, scoprendo facilmente come liberare l'elastico costrittivo. Con uno strattone esperto, la districò dall'abito e la voltò di nuovo sulla schiena, lasciandola solo con le mutandine.

Lui si leccò le labbra, lo sguardo affamato che vagava sul suo corpo.

Lei respirava a fatica, lasciando che la propria attenzione scorresse su quel corpo splendido. I suoi occhi si spalancarono alla vista del rigonfiamento nel suo cavallo. Avrebbe giurato di poter vedere la sagoma vera e propria del suo membro sotto i pantaloni. Il calore le inondò le mutandine. Com'era fatto?

Si mise a sedere e allungò la mano verso la sua cintura. «Voglio vedere anche te.»

Lui le prese le mani tra le sue, fermandola. «Non spaventarti.»

Le sue parole le fecero deglutire a fatica, gli occhi fissi sul suo rigonfiamento. «Non lo ero, finché non me l'hai detto tu.»

Qualunque cosa ci fosse sotto i suoi vestiti pulsava... pulsava davvero. Stava per vedere un cazzo alieno. E se fosse stato troppo grande per lei? O di una forma strana? Non le dispiaceva un po' di trasgressione, ma quanto si sarebbe spinta oltre? Erano compatibili?

Poi, proprio davanti ai suoi occhi, i pantaloni sembrarono sciogliersi e lei si ritrovò a fissare una spessa asta blu tra gambe pesantemente muscolose. Somigliava al suo vibratore preferito, una testa pronunciata con creste lungo la parte superiore dell'asta e uno stimolatore clitorideo alla base, tranne per il fatto che questo pezzo di virilità era decisamente vivo. Una piccola goccia di liquido pre-eiaculatorio brillava sulla punta.

Lei sussultò e alzò gli occhi nei suoi. «I tuoi pantaloni erano un'illusione?»

Lui rise. «Immagino si possa dire così.»

Lei passò un dito lungo la sommità della sua asta ricurva. La sua pelle era bollente e lui emise un debole grugnito al suo tocco, spingendo i fianchi in avanti. Lei si sporse, respirando la sua pulita mascolinità. Non aveva mai desiderato assaggiare un uomo come voleva assaggiare lui. Passando la lingua intorno alla sommità turgida, avvolse una mano attorno alla base dell'asta. Il suo sapore era ricco, con una punta di spezie potentemente maschile.

Lui rimase perfettamente immobile mentre lei esplorava. Aprendo bene la bocca, lo accolse più in profondità. Mentre le sue dita stringevano il suo cazzo, sentì un'altra protuberanza sotto l'asta, tra lo scroto e l'asta. La sua intimità si contrasse, immaginando a cosa potesse servire.

Appiattendo la lingua contro la parte inferiore sensibile, risucchiò le guance e si ritrasse.

Lui emise un gemito, un suono basso e profondo che inviò calore dritto alla sua vagina e si diffuse lungo l'addome fino ai capezzoli.

Lo riprese in bocca finché il suo cazzo non le urtò il fondo della gola. Era della lunghezza perfetta, spesso e solido.

Le dita di lui liberarono i capelli di lei dallo chignon disordinato, intrecciandosi tra le ciocche mentre lei lavorava sull'asta, perdendosi nel suo sapore e nel suo calore.

All'improvviso, lui si allontanò, spingendola a sdraiarsi sulle morbide lenzuola iridescenti. Fece scivolare un ginocchio tra le sue gambe, allargandole sotto il suo tocco affamato.

I capezzoli di lei erano duri come la pietra e l'umidità bagnava le sue mutandine. Il fiato di lui le accarezzò l'interno coscia mentre le sfilava le mutandine, poi risalì con i baci lungo l'interno delle gambe fino al suo centro. Le spinse un dito dentro, la lingua che circondava il clitoride mentre il dito usciva, per poi spingere di nuovo dentro. Fuori. Dentro. Il dito lungo e spesso affondava finché le nocche non incontrarono le sue labbra esterne, la lingua calda che guizzava sul clitoride. I suoi umori le bagnavano le cosce.

Un orgasmo crebbe dentro di lei, caldo e teso, e lei inarcò i fianchi a ritmo con il dito che affondava. Non ricordava di aver mai avuto bisogno di venire così in fretta. Mentre si sforzava di raggiungere la vetta, lui spinse forte e lei sentì un dito fermo sondare il suo orifizio anale. Prima che potesse contrarsi, lui era entrato lì.

Lei urlò mentre l'onda si infrangeva, il piacere che la scuoteva mentre lui continuava ad affondare dentro e fuori con entrambe le dita.

Quando tornò abbastanza in sé da recuperare i sensi, lui risalì lungo il suo corpo, succhiando un capezzolo, poi l'altro. «Sei pronta per me, Georgie?»

«Sì», ansimò lei. Aveva bisogno di averlo di più. Aveva bisogno di essere riempita completamente.

Lui si posizionò tra le sue gambe, il cazzo spesso che premeva contro la sua entrata. Dilatò la sua apertura quasi fino al punto di sofferenza. Ma non le fece male. Spingendo dentro poco a poco, incrociò il suo sguardo con quello di lei, oscillando avanti e indietro, affondando sempre di più. Più a fondo. Poteva sentire ogni cresta lungo la sua asta mentre entrava.

Quando i suoi fianchi incontrarono quelli di lei, lui emise un lungo sospiro. «Così calda.»

Lei ansimava contro la spalla di lui, le mani che gli graffiavano la schiena. Quella parte di lui che lei pensava fosse uno stimolatore clitorideo faceva esattamente quello, avvolgendo e massaggiando il suo bocciolo gonfio e facendola contorcere per il piacere. La protuberanza più piccola sotto l'asta principale le premeva contro il sedere senza entrare, il che era un bene. Il suo cazzo da solo era enorme, e non era sicura di poter sopportare altro di lui dentro di sé.

Lui si ritrasse leggermente, inclinando i fianchi in modo tale da mantenere lo stimolatore proprio sul punto giusto, poi spinse di nuovo dentro. Lei sussultò, inarcandosi a ritmo con la sua cadenza crescente. Mentre i suoi muscoli erano scossi dagli spasmi, lei scosse la testa contro le coperte. Le sue mani le stringevano le spalle. Tutto quello che poteva fare era lasciarsi andare mentre l'estasi la inondava.

Lui spinse in avanti, i fianchi che sbattevano contro i suoi. Il calore esplose contro le sue pareti interne e lui grugnì.

Mentre cavalcava la propria onda, riuscì a socchiudere gli occhi e guardare i suoi addominali contrarsi mentre continuava a pulsare dentro di lei. Lui la stava fissando, la sua intensità era così sexy da farle fremere l'orgasmo ancora una volta.

Quando riuscì a respirare di nuovo, lui si abbassò sopra di lei e le sussurrò sul collo: «La prossima volta sarà ancora meglio. Te lo prometto.»

Lei non riusciva a immaginare niente di meglio. Il suo corpo si sentiva come un enorme marshmallow che galleggiava in un mare di cioccolata calda. Ma maledizione, non avrebbe mai detto di no a una prossima volta.

CAPITOLO
NOVE

Fecero l'amore diverse altre volte prima che Georgie riuscisse a malapena a restare sveglia. Non si era mai persa così profondamente in nessuna esperienza. La sua mente era avvolta in una fitta nebbia mentre giaceva su un fianco con il corpo di Arazhi raggomitolato intorno al suo. Fu sorpresa da quanto si sentiva al sicuro mentre scivolava nel sonno.

Non sapeva quanto tempo fosse passato quando aprì gli occhi e si stiracchiò, scoprendo di essere sola. Il cuore le si strinse. Aveva sperato di trovare Arazhi accanto a sé, sorridente con quella dolce fossetta. Di passare qualche ora pigra nel suo letto, parlando e conoscendolo. Ma non era quello che lui aveva promesso. Le aveva offerto solo poche ore di piacere, niente di più. Ora sarebbe tornata sulla Terra, e lui avrebbe trovato una donna in grado di dargli ciò che voleva: un bambino.

«Fattela passare, Georgie», disse a sé stessa. Non era destinata a essere madre e, comunque, conosceva appena Arazhi. Quando fosse tornata a casa, avrebbe visto cosa poter salvare della sua attività di organizzatrice di eventi ormai a rotoli, se ne sarebbe andata dall'appartamento dei suoi, magari avrebbe adottato un cane e avrebbe continuato con la sua vita — dando per scontato che il caos con gli alieni avvelenati non avesse causato la fine del mondo.

Pensare di nuovo alla Terra le fece accelerare il battito, e ancora una volta si preoccupò per i suoi amici. Non avendo più voglia di dormire, allungò la mano verso il pavimento vicino al letto, cercando gli occhiali. Non ricordava di averli tolti e sperò che non fossero stati schiacciati. Fortunatamente stavano bene, ripiegati con cura su un tavolino basso vicino al letto, che non aveva notato prima, pronti ad aspettarla. Se li sistemò sul naso e vide il suo vestito appeso alla parete opposta. Avrebbe preferito indossare qualcosa di più comodo, ma nessuno degli scaffali conteneva vestiti, solo le curiosità e i cubi di immagini che aveva notato in precedenza.

Alzandosi, andò a prendere l'indumento. La spallina era stata riparata magicamente, senza alcun segno di danno. La nave di Arazhi doveva avere una tecnologia per la riparazione dei tessuti di cui lei non era a conoscenza. Era stato gentile da parte sua, almeno. Un regalo d'addio prima di congedarla. Il reggiseno e le mutandine erano ripiegati sullo scaffale lì vicino.

Infilò l'abito mentre esaminava un cubo vicino con immagini tremolanti. In una foto, un uomo dalla pelle blu stava tra due alieni con scaglie verdi e gialle. Aveva una leggera somiglianza con Arazhi, ma lei non poteva essere certa se fosse lui o un parente stretto. L'immagine successiva era un altro uomo dalla pelle blu con il braccio intorno a una donna bassa dalla pelle d'alabastro e i capelli blu scuro. La donna indossava una corona che sembrava fatta di diamanti intrecciati e guardava l'uomo con ovvia adorazione. *Erano i genitori di Arazhi?* pensò.

L'immagine si trasformò in un breve video della stessa donna, solo che stavolta non aveva la corona, mentre faceva saltellare un piccolo bambino blu e l'uomo blu osservava con evidente amore nello sguardo. Due lune incombevano su colline viola ondulate sullo sfondo. *Quello doveva essere un giovane Arazhi con i suoi genitori in visita ai campi di cui aveva parlato*, si disse. Il petto di Georgie si strinse al pensiero di Arazhi che portava la sua nuova famiglia in viaggio, i suoi occhi scuri pieni d'amore mentre vegliava sulla madre di suo figlio.

Basta torturarsi, si disse tra sé. Voltandosi, andò in bagno e si diede una sistemata. Almeno un bagno era un bagno, anche su una nave aliena. Quando tornò, risuonava una musica soft e nella stanza erano apparsi un tavolino e due sedie. Un profumo ricco e burroso con note di frutta proveniva da un piatto coperto sul tavolo.

Arazhi entrò portando due bicchieri. Li appoggiò sul tavolo. «Ero affamato e ho pensato che potessi esserlo anche tu. Prego, siediti.»

Un'ondata di euforia la attraversò. *Non mi ha solo usata e abbandonata*, pensò. E non aveva nemmeno lasciato un servitore a occuparsi di lei. Era tornato personalmente a prendersi cura di lei. Improvvisamente affamata, prese volentieri posto accanto a lui, chiedendosi quale prelibatezza aliena avesse per lei oggi.

Lui sollevò il coperchio, rivelando quelli che sembravano panini dolci appiccicosi. «*Kazhitu* al forno. Un tipo di noce che cresce sul pianeta di mia madre.» Ne prese uno con le dita e lo mise su un piattino davanti a lei. «Credo che ti piacerà.»

Non c'erano utensili in vista, così Georgie prese un panino con le dita. Diede un piccolo morso, sorpresa da quanto fosse morbido mentre quasi si scioglieva sulla lingua. La glassa appiccicosa sapeva di ripieno di torta di mele. «Oh, wow.»

Arazhi sorrise e ne prese uno lui stesso, inghiottendone metà in un solo boccone. Versò a entrambi un abbondante bicchiere di quello che sembrava succo d'arancia e ne bevve un lungo sorso.

Timorosa di stemperare la dolcezza del panino con del succo aspro, Georgie bevve un sorso cauto. Un sapore simile alla crema dolce, solo più pulito e rinfrescante, le colpì la lingua. Prese un sorso più lungo, accorgendosi di quanto fosse assetata. Non era sorprendente, considerando quanto era stata attiva nelle ultime ore. Il calore le salì alle guance al ricordo.

Una mano calda le coprì la coscia, inviando una scossa di eccitazione dritta alla sua intimità sensibile. Alzò lo sguardo, sussultando. Gli occhi color mezzanotte di Arazhi le fecero venire voglia di caderci dentro e non uscirne mai più.

«Sei molto sexy quando ti godi il cibo, *kikajiru*», mormorò lui.

Il calore sulle sue guance si intensificò. «Ehm, grazie.» Perché continuava a cercare di affascinarla? Lei era stata molto chiara riguardo alla loro situazione. Fu tentata di rimetterlo di nuovo in riga, ma un'altra parte di lei voleva solo godersi il fatto di essere coccolata. «Cosa significa *kikajiru*?»

«Significa "colei che distrae".»

Incerta se fosse un complimento o meno, cambiò argomento, indicando il cubo di immagini che aveva guardato prima. «Quella è la tua famiglia?»

Lui inarcò le sopracciglia. «Sì. Ma sono sorpreso che tu li abbia riconosciuti.»

Lei scrollò le spalle. «Mi sono basata solo sul fatto che l'uomo e il bambino erano blu. Di che specie è tua madre?»

«È una Vatosangan, di un pianeta a due sistemi solari di distanza da Kirenai Prime.»

«I Kirenai comprano sempre le loro femmine? Come hai cercato di fare con me?»

Lui rise. «No, i miei genitori si sono conosciuti a una partita di *bacca*. Lei lo ha colpito accidentalmente con un disco. Lui, ovviamente, si è innamorato all'istante.»

Georgie bevve un altro sorso. Quindi gli alieni potevano innamorarsi. *Solo non con me*, pensò. Indicò una scatola rosa finemente intagliata su un altro scaffale. «Cosa sono tutte quelle altre cose?»

Arazhi si alzò e prese la scatola. «Cose che ho collezionato durante i miei viaggi. Questo è un *tolonovone g'naxiano*. Un pezzo d'antiquariato.»

Sfiorò una curva in rilievo sul coperchio e la scatola sembrò aprirsi come i petali di una rosa. Staccando un petalo, fece scorrere la punta leggermente appuntita lungo l'esterno del suo braccio, lasciando una scia di luce dorata sulla sua pelle.

Un brivido la attraversò. Passò le dita sopra la luce, aspettandosi che si cancellasse, ma sembrava incastonata sotto la pelle come un tatuaggio. Aveva un tatuaggio nero di boccioli di rosa in una ghirlanda di foglie intorno alla caviglia che avrebbe dovuto essere a colori, ma l'ago le aveva fatto troppo male e non era mai tornata a finirlo. «È incredibile. Quanto dura?»

Arazhi scelse un secondo petalo e lo picchiettò lungo la linea, creando stavolta dei puntini rosa luminosi. «Con questo dispositivo, i disegni durano solo un giorno o poco più. Le nuove tecnologie possono renderli più o meno permanenti, anche se devi stare attenta ai tuoi motivi.»

«Perché?»

Una fossetta apparve sulla guancia di Arazhi mentre rimuoveva un terzo petalo e tracciava piccoli ghirigori arancioni intorno a ciascuno dei puntini rosa. «I G'naxiani usano la luce per comunicare attrazione ed eccitazione.»

All'improvviso le sembrò difficile respirare. Il modo in cui le carezzava la pelle con il petalo stretto tra le dita era ipnotico. Avrebbe voluto che le dipingesse tutto il corpo. «Qual è il motivo che stai dipingendo adesso?»

«Non ho familiarità con i loro motivi tradizionali.» Seguì con un dito le linee sinuose. «Mi piace semplicemente creare i miei.» I suoi occhi di mezzanotte si alzarono per incontrare i suoi. «Mi permetti di usare ancora il tuo corpo come una tela?»

Lei annuì muta, accettando la sua mano perché la aiutasse ad alzarsi. Lui le si portò alle spalle e tirò giù la cerniera, allentando le spalline del vestito, lasciando che il tessuto scivolasse lungo il suo corpo fino al pavimento. Le slacciò il reggiseno e lasciò cadere anche quello, poi le fece scivolare le mutandine giù per i fianchi.

Senza fiato, ne uscì, sentendo lo sguardo di lui che valutava il suo corpo nudo prima che iniziasse a dipingere, picchiettandole le spalle, delineandole i glutei, dipingendole le dita dei piedi. Stese ampie strisce di luce dorata sui fianchi del ventre, le circondò l'ombelico e le colorò i capezzoli di rosa. L'unico tocco che diede al suo viso fu sulle labbra, un breve brivido, e lei non sapeva nemmeno di che colore potessero essere.

Lui fece un passo indietro e sorrise, richiudendo i petali nella scatola. «Sembri una dea g'naxiana.»

Georgie si guardò, osservando il vibrante spettacolo di colori. «Avete uno specchio?»

«Certamente.» Arazhi si avvicinò alla parete e la toccò. Gli spazi tra le nervature delle pareti, del pavimento e del soffitto passarono improvvisamente dal lavanda al riflettente, come centinaia di specchi.

«Wow.» Fece un passo indietro, un po' stordita nel trovarsi di fronte a mille versioni luminose di se stessa. «Sembra di essere in un labirinto di specchi.»

«Cos'è un labirinto di specchi? Il termine implica divertimento, ma non sembri compiaciuta.»

«Va tutto bene, sono solo rimasta sorpresa.» Si avvicinò, concentrandosi su un'immagine di se stessa. Era difficile avere una visione reale quando c'erano riflessi su riflessi di linee luminose multicolori. «È una cosa che si trova nei parchi di divertimento. Un po' difficile da spiegare, ma in sostanza serve a disorientare le persone. Molti hanno una stanza degli specchi, ma hanno anche percorsi a ostacoli, scale o corridoi mobili, e quelli spaventosi hanno creature che saltano fuori e cercano di spaventarti.»

«Non sembra affatto divertente.» Gli specchi scomparvero.

«Agli umani piace un po' di adrenalina ogni tanto. Un labirinto di specchi è abbastanza innocuo rispetto ad altre cose che fanno gli amanti del brivido.» Lei sorrise. «Puoi mettere uno specchio su una sola parete?»

«Ecco. Ti faccio vedere come si fa.» Le prese la

mano, attirandola a sé e appoggiandole il palmo sulla parete. «Riesci a sentire questo?»

Tutto ciò su cui riusciva a concentrarsi era la pelle calda di lui contro la sua, ma cercò di sentire quello di cui stava parlando. «Non credo.»

Le guidò le dita sopra dei rilievi di diverse dimensioni e forme. La sensazione le ricordava il braille sui pulsanti di un ascensore. «Puoi notare anche la differenza di consistenza.»

Tracciò un cerchio intorno a un rilievo con la punta del dito, e l'illuminazione nella stanza si fece più intensa. «Come fai a distinguere quale serve a cosa?»

«Dalla dimensione e dalla forma, naturalmente.»

Naturalmente, pensò lei sarcastica. Socchiuse gli occhi verso i rilievi e fece scorrere il dito su un ovale allungato. Una leggera brezza soffiò nella stanza, profumando di menta.

«Quella è la ventilazione. Questo è il controllo dello specchio.» Indicò un gruppo di tre piccoli rilievi. «Per avere un singolo specchio, tocca due volte un punto sollevato.»

Fece come le era stato detto e una parete divenne uno specchio. Sorridendo, si voltò e si guardò di nuovo.

Le linee luminose sulla sua pelle non erano così sgargianti come aveva immaginato all'inizio, ma i contorni lungo i fianchi e il seno accentuavano decisamente le sue curve. «Avete delle foto dei G'naxiani? Vorrei sapere su chi regno, se devo essere una dea.»

Lui rise. «Credo di sì.» Andò verso uno dei suoi scaffali. «Vediamo un po'...»

Mentre stava cercando, una voce sembrò venire dal nulla, pronunciando parole che lei non capiva. Poi il pavimento tremò come se ci fosse un terremoto.

«Cosa è successo?» Georgie si strinse le braccia sul seno nudo, muovendosi verso i suoi vestiti abbandonati.

Arazhi si voltò verso di lei con un sorriso. «Siamo arrivati.»

CAPITOLO
DIECI

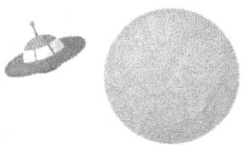

Arazhi lasciò che Georgie si vestisse e poi la condusse sul ponte, dove lo schermo mostrava l'orizzonte curvo blu e viola di Kirenai Prime. *Casa, finalmente.* Era ansioso di scoprire se suo padre stesse bene, ma era anche tormentato perché il tempo trascorso con Georgie gli sembrava troppo breve. Ora per lui sarebbe stato tempo di tornare al dovere, alla ricerca di una donna che portasse in grembo suo figlio. E come prima umana ad arrivare su Kirenai Prime attraverso i canali ufficiali, Georgie sarebbe stata molto ambita come compagna di letto rara.

La gelosia divampò in lui al pensiero di lei nel letto di un altro Kirenai.

Georgie si avvicinò tanto da sfiorargli la spalla con la propria e guardò lo schermo. Si lasciò sfuggire un sospiro carico di ammirazione. «È il tuo pianeta?»

Lui amava averla al suo fianco. Amava percepire il suo stupore. Non desiderava altro che mostrarle l'universo, se non altro per viverlo di nuovo attraverso i suoi occhi. «Sì. Benvenuta su Kirenai Prime.»

«È bellissimo.» Con la punta di un dito, lei seguì il profilo di un vortice di nuvole bianche che oscurava la superficie del pianeta. «Vorrei poter restare a vederlo, ma voglio davvero assicurarmi che i miei amici stiano bene. Tra quanto potremo tornare indietro?»

Il cuore di Arazhi sprofondò. Aveva sperato che il tempo passato insieme potesse averle fatto desiderare qualcosa di più. *Mettila su una nave e rispediscila a casa.* ma l'idea che lei trascorresse il viaggio di ritorno con un altro Kirenai lo fece desistere. Se doveva tornare sulla Terra per un'altra femmina, tanto valeva che fosse lui ad accompagnarla. «Ti dispiacerebbe se prima facessi visita a mio padre?»

Un'onda scura di senso di colpa inondò l'Iki'i della donna. «Certo che no», disse lei.

La sua compassione lo commosse. Lo conosceva appena, eppure le importava di lui. Voleva alleviare il suo senso di colpa. «Il sistema di comunicazione può sincronizzarsi, adesso. Fammi vedere se riesco a contattare il mio ufficiale della sicurezza. È ancora sul tuo pianeta e dovrebbe essere in grado di fornirmi un aggiornamento.»

Il collegamento richiese qualche istante prima che l'immagine di Zhiruto apparisse sullo schermo. Era ancora a torso nudo, ma i suoi lineamenti erano mutati: ora aveva il naso leggermente storto e quella che sembrava una cicatrice sopra un sopracciglio. «Mio principe. Sei al sicuro a casa?»

«Abbiamo raggiunto Kirenai Prime, sì. Cosa sta succedendo laggiù sulla Terra?»

Zhiruto si grattò la testa. «I trasportatori sono ancora bloccati e tutti gli ospiti della Agenzia di Incontri Intergalattica sono stati rintracciati, tranne uno. Tredici Kirenai sono morti.»

Arazhi chiuse gli occhi per un istante. «È terribile. Ci sono sopravvissuti?»

«I Khargal e il Fogarian stanno bene. Tre Kirenai sono vivi, ma in condizioni critiche. Un medico umano si è consultato con uno dei nostri guaritori in orbita e sta somministrando le cure. Non c'è ancora nessuna prognosi. Notizie di tuo padre?»

«Siamo ancora in orbita. Ti contatterò di nuovo dopo averlo visto.»

Zhiruto annuì. «Arazhi, credo che il nostro sospettato possa essere un *burendo*. È l'unica spiegazione plausibile per come riesca a sfuggire al rilevamento.»

Arazhi aggrottò la fronte. Sebbene i Kirenai potessero assumere forme diverse, alterare la propria colorazione al di fuori delle varie sfumature di blu era un'abilità rara. I *burendo* potevano cambiare colore oltre che forma, permettendo loro di mimetizzarsi tra le popolazioni locali con estremo successo. Erano spesso assoldati come spie o assassini. «Pensavo che la Agenzia di Incontri Intergalattica avesse controllato gli ospiti. Come ha fatto un *burendo* a ricevere un invito?»

«Non lo so ancora», disse Zhiruto, spostandosi per inquadrare una donna seduta su un divano accanto a un grosso quadrupede rossiccio e peloso, con le orecchie pendule e il muso lungo. La creatura aveva la testa appoggiata sul grembo di lei, che le stava grattando le orecchie. «Questa umana fa parte delle forze dell'ordine locali. Ha un piano per farci tornare sul sito in cerca di indizi.»

Georgie si fece avanti per vedere meglio lo schermo. «Lora?»

Gli occhi della donna si spalancarono e scattò in piedi, avvicinandosi a Zhiruto. «Georgie? Dove sei? Che cos'ha la tua pelle?»

«Oh», disse Georgie, guardandosi gli avambracci luminosi. «È solo pittura, non preoccuparti. Sto bene. Cosa succede lì? Stanno tutti bene?»

«Dipende dalla tua definizione di "bene". Non ci sono umani morti, ma gli alieni sono comprensibilmente sconvolti. Non aiuta il fatto che l'NSA abbia tenuto tutti in quarantena per quasi due giorni. Gli alieni ancora vivi sono sotto scorta.» Lanciò un'occhiata cauta a Zhiruto. «Tranne questo qui. È riuscito a scappare e mi ha chiesto aiuto per trovare l'assassino.» Aggrottò le sopracciglia, scrutando lo sfondo attraverso la telecamera. «Ma tu dove sei, comunque?»

«Attualmente sono in orbita attorno a un pianeta alieno, che tu ci creda o no.» Georgie rise, inviando un brivido di disagio lungo l'Iki'i di Arazhi. «Sto per tornare sulla Terra. Dovrei arrivare tra qualche giorno.»

«Ascoltami, non farlo.» Lora sollevò un palmo. «L'NSA ti sta cercando. Ti considerano una persona informata sui fatti e sono dei bastardi. Non vuoi finire nelle loro mani. Inoltre, se arrivano altri alieni, stringeranno di nuovo la sicurezza e manderanno all'aria il mio piano per tornare nel parco.»

Arazhi si concesse un sorriso. Per quanto volesse esaudire il desiderio di Georgie di ricongiungersi con i suoi amici, non gli sarebbe dispiaciuto se quella donna riuscisse a convincerla a restare con lui più a lungo.

Georgie lo guardò. Per un momento, lui temette che lei avesse capito cosa stava pensando. Poi lei tornò a rivolgersi allo schermo. «Immagino di poter restare qui per un po'. Ma ci terremo in contatto. Riguardati, va bene?»

«Anche tu.» Lora le mandò un bacio volante.

Il volto di Zhiruto occupò di nuovo lo schermo. «Lieto di vedere che hai portato la tua umana fuori dal pianeta.»

Arazhi annuì. Sebbene avesse erroneamente dato per scontato che Georgie dovesse essere la sua serva vincolata, era felice di averla sottratta ai problemi sulla Terra. Con un assassino ancora a piede libero, chissà cosa sarebbe potuto accadere a chiunque fosse legato al principe? Ora aveva solo bisogno che anche Zhiruto tornasse sano e salvo. «Rimani al sicuro, amico mio, e tienimi informato.»

«Lo farò.»

Lo schermo si oscurò.

Non c'era altro che potesse fare, così Arazhi si voltò verso Georgie con un sorriso. «Sembra che resterai per un po'. Forse, dopotutto, posso proporti una visita ai campi di popotan?»

CAPITOLO
UNDICI

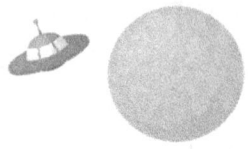

Georgie rimase ferma sulla soglia del portello a tenuta stagna della nave, fissando la rampa di sbarco che dava sul paesaggio alieno. Il sole all'esterno sembrava più luminoso, più bianco che giallo, e le piante che riusciva a vedere tendevano al blu e al viola piuttosto che al verde. Sentiva il petto oppresso e si rese conto che stava trattenendo il respiro, anche se Arazhi aveva già aperto il portello ed era sceso di qualche passo lungo la rampa.

Lui l'aveva rassicurata che sarebbe stata al sicuro, ma lei stava per mettere piede su un pianeta alieno. E se non fosse riuscita a respirare? E se la gravità avesse reso difficile camminare? Almeno gli astronauti avevano le tute spaziali; lei non aveva altro che un abito da sera e i piedi nudi, visto che si era sfilata le scarpe quando era ancora sulla Terra.

Arazhi le tese una mano e la incoraggiò a seguirlo con un piccolo cenno.

Con i nervi a fior di pelle, pensò: *sia quel che sia*, e prese un piccolo respiro d'aria. Quando vide che non crollava al suolo, espirò e fece un respiro più profondo. L'aria umida aveva un odore terroso e leggermente metallico. Posando con fermezza un piede sulla rampa, uscì sotto il sole alieno.

Colline ondulate coperte di fogliame blu si stendevano fino all'orizzonte. Strutture eterogenee svettavano oltre la linea degli alberi: di tutto, dai gruppi di cupole di paglia ai scintillanti grattacieli di vetro. Proprio di fronte alla piattaforma di pietra dove la nave era atterrata, un imponente edificio ornato da guglie dalle curve fantastiche sembrava quasi sopraffatto dai rampicanti. Le ricordava le foto viste su National Geographic di rovine in Thailandia o in Sud America, tranne per il fatto che le piante avevano colori sbagliati. Alla base della rampa di sbarco, due file di guardie formavano un corridoio verso l'edificio.

«Quello è il palazzo?» chiese lei.

«Sì. Benvenuta a casa mia.» Fece un piccolo cenno con le dita. «Ora vieni, *kikajiru*. Il sole scotta. Voglio portarti dentro.»

Deglutendo a fatica, fece un passo, poi un altro, e gli prese la mano per lasciarsi guidare giù dalla rampa. Il terreno era caldo sotto le piante dei piedi nudi, ma non in modo insopportabile, e lanciò un'occhiata alle sue spalle verso la nave che aveva appena lasciato, osservandola con attenzione per la prima volta. Somigliava a un bocciolo di rosa di un viola pallido, con l'esterno fatto delle stesse foglie venate delle pareti interne.

Arazhi si fermò vicino alla prima guardia per dire qualcosa che lei non capì. La guardia rispose nella stessa lingua. Era blu come Arazhi, ma il suo viso somigliava più al muso di un cane che a quello di un uomo, e una sottile peluria blu copriva quel poco di pelle che riusciva a scorgere. In effetti, tutte le guardie erano varie per forma e dimensioni quanto la vicina città. Una aveva quelle che sembravano antenne che le spuntavano dalla fronte, e un'altra aveva enormi artigli da uccello al posto delle mani.

Ognuna di loro la stava fissando.

Lei si avvicinò di più ad Arazhi. «Che tipo di alieni sono questi?»

Lui lanciò un'occhiata a quella più vicina, poi tornò a guardare lei. «Sono Kirenai.»

Lo aveva detto come se questo spiegasse tutto. Lei guardò quello con gli artigli da uccello. «Non capisco.»

«Siamo mutaforma, ricordi? Queste sono le forme che hanno scelto.»

Le mancò un colpo al cuore e inciampò. «Mutaforma?»

Arazhi la afferrò per il gomito. «L'Agenzia di Incontri Intergalattica non te l'ha detto?»

Cercò di ricordare se tra le numerose pagine del contratto che aveva firmato fosse menzionato il mutamento di forma. «Non ricordo di aver letto nulla sui mutaforma...» La sua attenzione scivolò involontariamente sul petto di lui mentre realizzava le implicazioni del caso. *Arazhi è un mutaforma.* Qual era il suo vero aspetto? «Quindi... questo non è il tuo vero corpo?»

Con gli occhi scintillanti, lui rise e le passò un braccio intorno alle spalle, guidandola con sé verso il palazzo.

«È interamente il mio corpo. Uno che spero ti piaccia.»

Beh, questo spiegava certamente perché fosse così attraente. Se avesse potuto scegliere il proprio aspetto, anche lei avrebbe voluto il corpo di una supermodella. «Che aspetto hai in realtà?»

«Non mostriamo la nostra forma di riposo agli estranei.» Continuò a camminare senza guardarla.

Un'ondata di delusione la travolse ripensando ai modi intimi in cui lui l'aveva toccata, non una, ma molte volte. L'aveva persino dipinta con tatuaggi che ancora brillavano sulla sua pelle. «Oh. Pensavo che fossimo più che estranei.»

Lui sospirò e si chinò più vicino, tenendo ancora il braccio intorno a lei. «Preferisco non parlare davanti alle guardie.»

Le sue parole calmarono la sua preoccupazione quanto bastava per farla continuare a camminare.

Tolse il braccio dalle sue spalle, facendo un cenno col capo alle guardie mentre passavano. Entrando da un grande cancello nelle mura di pietra, attraversarono un cortile ombreggiato da un fitto soffitto di foglie blu. Un piccolo ruscello scorreva tra tronchi d'albero grigi e scagliosi, e qua e là crescevano grappoli di fiori bianchi e gialli. Il sentiero su cui si trovavano sembrava fatto di ghiaia bianca con una lucentezza perlacea, e lei si chinò per raccoglierne un sassolino. Avrebbe potuto giurare su Dio che fosse una vera perla. «È vera?»

Arazhi aveva proseguito senza di lei, apparentemente ansioso di controllare le condizioni di suo padre. «Cos'è vero?»

«Lascia stare.» Strinse la perla nel pugno e si affrettò a raggiungerlo. Glielo avrebbe chiesto più tardi.

Lui aprì una porta che sembrava fatta dello stesso materiale simile a foglie della nave. Una persona minuta di genere indistinto venne loro incontro, inchinandosi profondamente e farfugliando qualcosa.

Arazhi annuì e spinse Georgie in avanti. «Deshel ti accompagnerà nella mia stanza. Arriverò tra poco.»

Poi si allontanò a grandi passi senza voltarsi indietro.

Georgie lo fissò a bocca aperta. Aveva pensato che avrebbe incontrato suo padre. Invece, si sentiva come se fosse stata messa da parte. *Certo che non mi vuole con sé.* Suo padre stava morendo, non era in condizioni di ricevere ospiti, tanto meno di incontrare un'estranea. Inoltre, l'imperatore della galassia probabilmente non accettava di vedere chiunque. Eppure, provava un po' di risentimento per il fatto che Arazhi le chiedesse di avere suo figlio, ma non la invitasse nemmeno a conoscere i suoi genitori.

Una mano gentile sul suo gomito richiamò la sua attenzione sul piccolo alieno chiamato Deshel. Quell'essere le ricordava un elfo domestico senza orecchie. Agitando una sottile mano blu, Deshel fece segno a Georgie di seguirlo, mentre una serie di suoni senza senso usciva dalla sua minuscola bocca.

Georgie lanciò un'ultima occhiata alla figura di Arazhi che si allontanava, poi seguì l'alieno lungo un corridoio di pietra. Non è che avesse altro posto dove andare al momento.

Deshel parlottò per tutto il tempo, conducendo Georgie in una grande stanza con finestre dal pavimento al soffitto e strani oggetti sparsi a gruppi come mobili. C'erano sedie e tavoli, ma altri elementi erano sconcertanti. C'era una struttura morbida a forma di banana grande come un'utilitaria, e tre secchi di metallo grandi quanto poltrone appollaiati su sei piedi delicati.

Mentre osservava tutto ciò, si rese conto che Deshel era rimasto in silenzio. Si voltò e trovò i grandi occhi dell'alieno fissi su di lei come se stesse aspettando qualcosa.

Vuole la mancia? Georgie scosse la testa. «Non capisco. Mi dispiace.»

Deshel emise un piccolo sospiro e pronunciò una serie di parole palesemente frustrate prima di picchiettarsi la fronte con un dito.

Questo alieno mi sta dando della stupida? Georgie socchiuse gli occhi e incrociò le braccia. «Sono appena arrivata e non parlo la lingua aliena, d'accordo?»

Indietreggiando, Deshel fece un cenno come per scusarsi, poi fece di nuovo cenno a Georgie di seguirlo.

Passarono attraverso una camera da letto fino a una terza stanza che sembrava piastrellata con la stessa pietra perlacea che formava il sentiero nel giardino. La luce filtrava tra le fronde blu che ombreggiavano le finestre, e oltre esse riusciva a vedere altre colline ondulate e strani edifici in lontananza. Al centro della stanza c'era una vasca rotonda a incasso colma d'acqua.

Continuando a pronunciare una serie infinita di sillabe, Deshel fece un gesto plateale con la mano, rendendo molto chiaro che lei dovesse fare il bagno.

Georgie guardò con desiderio l'enorme vasca. Il bagno sulla nave era stato adeguato, ma un bel bagno caldo sembrava un sogno. Annuì e si diresse verso la vasca. Sembrava alimentata da una sorgente termale naturale, con la superficie che si increspava leggermente dove l'acqua entrava e usciva da lati opposti della vasca. Ma a differenza di qualsiasi sorgente termale che Georgie avesse mai visitato, non c'era alcun odore persistente di zolfo. In effetti, lì il profumo ricordava gardenie e vaniglia.

Si voltò per ringraziare Deshel e scoprì che il piccolo alieno se n'era già andato. *Beh, d'accordo allora.* Almeno le aveva concesso un po' di privacy.

Dando un'ultima occhiata in giro per essere sicura di essere veramente sola, si sfilò l'abito e la biancheria intima, poi entrò nella vasca. L'acqua l'avvolse nel suo calore, il vapore profumato le si arricciò intorno al viso come una carezza. Mentre si rilassava, non poté fare a meno di chiedersi se fosse intrappolata in un sogno. Tutto quello che le piaceva sembrava arrivare a lei nel momento esatto in cui lo voleva o ne aveva bisogno. Persino il modo di

Arazhi di fare l'amore era stato il massimo della perfezione.

Si morse il labbro, ricordando la rivelazione di Arazhi sul fatto di essere un mutaforma. Come le era sfuggito nei documenti dell'Agenzia di Incontri Intergalattica? E perché Arazhi non l'aveva accennato? Sembrava qualcosa che sarebbe dovuto saltare fuori in una conversazione a un certo punto. Era orribile dietro quella facciata splendida?

Scosse la testa. Non importava. Non era una principessa destinata a baciare un ranocchio per trasformarlo in un principe e avere il suo lieto fine. Arazhi era già un principe e non le aveva offerto di sposarlo, anche se lei avesse potuto in qualche modo dargli un figlio.

Il pensiero le fece stringere la gola, e si immerse sott'acqua, bagnandosi completamente i capelli. Non riuscì a trovare né shampoo né sapone da nessuna parte, ma l'acqua aveva già un ottimo profumo di suo, così si alzò, cercando un asciugamano con cui asciugarsi. Gocciolando acqua, si spostò verso una parete, pensando che forse ci fossero dei pulsanti come sulla nave: uno scomparto dove tenevano gli asciugamani o qualcosa del genere. Mentre passava sopra un punto del pavimento, un forte getto d'aria la colpì, che sembrava provenire da tutte le direzioni contemporaneamente.

Si fermò e rise, girando lentamente su se stessa per lasciare che l'aria la asciugasse. «Come un autolavaggio per persone», disse a voce alta, pettinandosi i capelli con le dita e godendosi il delicato profumo floreale che la circondava.

Sebbene non fosse entusiasta di rimettersi l'abito, era tutto quello che aveva, così tornò sul bordo della vasca dove l'aveva lasciato. Il pavimento era nudo, e del suo vestito non c'era traccia. Era volato via? Cercò negli angoli della stanza, ma non trovò né l'abito né la biancheria intima. Che quel piccolo alieno fosse tornato e le avesse rubato le sue cose?

Frustrata, sbirciò dietro l'angolo nella camera da letto. Qualcosa che poteva essere un indumento giaceva ordinatamente ai piedi del letto. «Oh, grazie a Dio!»

Mentre entrava nella stanza, un uomo rosa e squamoso con grandi occhi a fessura si alzò da una sedia sistemata in un angolo. Il suo petto era nudo e indossava delle cinghie nere che somigliavano a bretelle, le quali sostenevano una gonna nera lunga fino alle caviglie.

Georgie lasciò sfuggire un gridolino e indietreggiò inciampando, con le braccia incrociate davanti a sé per nascondere le parti intime. «Chi diavolo è lei e cosa ci fa qui?»

Lui alzò le mani dalle dita lunghe. «Non abbia paura.» La sua voce era roca. «Il mio nome è Qantina. Mi è stato ordinato di fornirle un traduttore universale.»

Georgie guardò dall'alieno ai vestiti sul letto. «Le dispiacerebbe voltarsi, così posso vestirmi?»

Qantina inclinò la testa, sbattendo i grandi occhi, poi si voltò nella direzione opposta. Una fila di creste ossee correva lungo la sua colonna vertebrale e una tozza coda squamosa sporgeva dal sedere attraverso un buco nella gonna.

Georgie si avvicinò cautamente al letto e afferrò il tessuto. Era un pezzo di stoffa morbida e sottile, della stessa tonalità di blu del suo vestito. Non erano veri vestiti, ma sarebbero bastati. Se lo avvolse intorno come un asciugamano. Era un po' corto nella parte inferiore, ma copriva tutte le parti importanti. «Va bene.»

L'alieno rosa si voltò, con la bocca priva di labbra senza alcuna espressione. «Eccellente. Non conosco ancora bene la Sua specie. Se me lo permette, vorrei eseguire una scansione per accertare dove installare correttamente il traduttore.»

«Come mai riesco a capire lei, ma non l'altro alieno che mi ha accompagnato qui?»

«Il dispositivo lavora con i centri del linguaggio del ricevente per facilitare sia il parlare che il comprendere, utilizzando migliaia di database linguistici. Una volta installato, non importerà se chi le sta intorno ha un impianto. Deshel è nuovo qui, tuttavia, e i servitori non sempre dispongono delle tecnologie più recenti al loro arrivo. Me ne occuperò subito.»

Servitori. Non era così che l'aveva chiamata Arazhi quando pensava di averla acquistata? «Io non sono una servitrice», disse lei. «Arazhi mi riporterà sulla Terra non appena avrà fatto visita a suo padre.»

«Sì, lo ha detto a Deshel.»

Questo era rassicurante. «Okay.»

Prendendo un dispositivo che somigliava un po' a uno scanner di sicurezza portatile, Qantina fece un passo avanti. «Resti ferma, per favore.»

Iniziando dalla sommità del capo, le premette lo scanner addosso e iniziò a tracciare cerchi sempre più ampi intorno al suo cranio. Dopo pochi istanti, tirò fuori qualcosa che somigliava a una pistola e gliela premette dietro l'orecchio. Una sensazione di bruciore la fece trasalire. «Ecco fatto. Abbiamo finito.»

«Tutto qui?» Si toccò con cautela il punto dietro l'orecchio. «Sarò in grado di capire tutti, ora?»

«Una volta caricato il programma, sì.»

Se gli alieni potevano darle la capacità di capire qualsiasi lingua, era possibile che potessero ripristinare la sua fertilità come aveva detto Arazhi? Inghiottendo la paura, chiese: «Lei è un guaritore? Un...» inciampò nel ricordare la parola usata da Arazhi. «Un Qalqan?»

«Esatto.» Qantina ripose il dispositivo nella sua borsa.

«Che tipo di cose potete guarire?»

«Siamo esperti nel determinare le cause di molti mali. Perché me lo chiede?»

Georgie spianò il tessuto setoso sui fianchi. Quindi Arazhi non aveva parlato al qarqan del suo problema di concepimento. In parte era grata che lui avesse rispettato il suo desiderio di non restare delusa di nuovo. In un'altra parte, si pentiva di essere stata così insistente. Erano alieni, dopotutto, con una tecnologia superiore. E se potessero davvero curarla?

Potrei portare in grembo il figlio di Arazhi. Ma non sarebbe stato suo. Lui aveva detto che non intendeva separare la madre dal bambino, ma aveva messo bene in chiaro che il figlio sarebbe stato suo. Il che significava che se avesse avuto il suo bambino, avrebbe praticamente accettato di diventare la sua servitrice.

Si sforzò di sorridere, poi scosse la testa. «Non importa. La ringrazio per il traduttore.»

CAPITOLO
DODICI

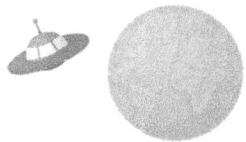

Arazhi corse attraverso i corridoi del palazzo verso la sala del trono. La guardia con cui aveva parlato sulla pista non aveva notizie di suo padre; evidentemente il consiglio reale stava mantenendo il segreto sulle sue condizioni. *Potrebbero essere tanto buone notizie quanto cattive*, pensò Arazhi mentre faceva irruzione negli alloggi reali. Non lo riteneva incapace di nascondere una guarigione miracolosa solo per tenere i rivali in uno stato di incertezza.

La camera da letto reale era vuota quando arrivò, ma l'aria profumava ancora di fluido rigenerante. Il suo sguardo si posò sulla capsula di riposo di suo padre; il liquido verde era calmo come uno specchio.

Il cuore di Arazhi sprofondò. Si affrettò verso il bordo della capsula, guardando verso il basso la sagoma blu indistinta sotto la superficie del liquido. «Padre?»

Piccole increspature turbarono la superficie quando la forma blu sul fondo si mosse, ma suo padre non emerse per salutarlo.

Guardandosi intorno nella stanza vuota, Arazhi chiamò: «Ehi? Dove sono tutti?»

Sua madre entrò dalla porta del balcone. «Arazhi? Nessuno mi aveva detto che fossi tornato.» Corse in avanti per abbracciarlo, poi si ritrasse per guardarlo. «Sei molto più alto del solito.»

Lui le baciò la sommità del capo, rendendosi conto di trovarsi ancora nella sua forma umana. Modificarla ora sarebbe stato inutile, quindi disse semplicemente: « Questa è la forma che la mia umana preferisce di me.»

Gli occhi di lei si illuminarono. «Ne hai trovata una, allora?»

«Possiamo parlarne tra un momento.» Non era pronto a rivelare che la femmina che aveva scelto non era adatta allo scopo che i suoi genitori avevano in mente.

«Come sta mio padre? I guaritori hanno fatto progressi con l'antidoto?»

Lei annuì, ma la preoccupazione scuoteva il suo Iki'i. «Sì. Hanno bloccato il veleno ed Elthos dice che vivrà.»

Lui socchiuse gli occhi. «Questa è una buona notizia, vero?»

«Certamente.» Lei si portò un dito alle labbra, esitante. «Ha bisogno di riposo. Vieni sul balcone così possiamo parlare.»

Lui seguì la scia della sua paura fuori, fino all'estremità del balcone di pietra. Un tavolino all'ombra delle fronde di happa ospitava ancora un pasto lasciato a metà, e lì vicino dei fiori gialli di *kanzo* in vaso stavano appassendo al calore.

Lei gli prese entrambe le mani. «Dimmi della tua femmina. Porta già in grembo un tuo figlio?»

«Perché è importante? Se mio padre si riprenderà, non dovrebbe esserci fretta perché io produca un erede.» Chinò il capo per poterla guardare direttamente negli occhi. «Sento che mi stai mentendo.»

Lei corrugò la fronte e scosse la testa. «Non ti sto mentendo. Tuo padre vivrà. Ma...» Deglutì e le lacrime le riempirono gli occhi. «Elthos dice che potrebbe non essere mai più in grado di mutare dalla sua forma attuale.»

Lo stomaco di Arazhi si contrasse, e il breve momento di sollievo che aveva provato per lo scampato pericolo di suo padre parve cenere in fondo alla gola. Nella loro forma di riposo, i Kirenai non potevano comunicare facilmente con le altre specie. Il che significava che sua madre avrebbe affrontato un futuro legata a un compagno con cui non poteva parlare. Avrebbe dovuto fare affidamento su intermediari. «Oh, madre.»

Lei si asciugò le lacrime che le rigavano le guance. «Non lo sa ancora, e temo che possa perdere la voglia di vivere quando lo scoprirà. Ma è stato chiaro su una cosa, l'ultima volta che abbiamo parlato: conta su di te perché tu produca un erede e portare avanti la nostra dinastia.»

Arazhi distolse lo sguardo, fissando un insetto con il muso immerso nei fiori di *kanzo*. «L'umana che ho scelto crede di essere sterile.»

Damma rimase in silenzio per un battito di cuore, poi sospirò. «Avresti dovuto trovare una madre per tuo figlio, non un'altra compagna di letto.»

«Quando l'ho scoperto, eravamo già sulla via del ritorno.» Non che fosse stato interessato a nessun'altra delle umane che aveva visto mentre era sulla Terra. «Sei tu quella che mi ha detto di tenere il cuore aperto.»

Le sopracciglia di Damma si inarcarono. «Quindi è la tua compagna destinata?»

La sua domanda diretta lo mise a disagio. Non voleva ammetterlo, ma la parte più profonda di lui lo sapeva. *Il mio destino è stare con Georgie.* «Tutto quello che so è che c'è qualcosa di speciale tra noi. Voglio renderla felice.»

Sospirando, Damma lo squadrò, come se stesse valutando la sua forma attuale alla ricerca di difetti. «Be', suppongo che questo spieghi perché ti sei presentato in forma umana.» Si picchiettò il mento pensierosa. «La tecnologia della Terra è primitiva. Solo perché lei crede di essere sterile non significa che il problema non possa essere corretto. L'hai portata dai guaritori reali?»

«Non ancora», disse Arazhi, ricordando le emozioni contrastanti di Georgie. «Ha detto che ha cercato di avere un bambino per molto tempo e ha paura di rimanere di nuovo delusa. Ho bisogno di tempo per convincerla.»

«Arazhi, sai cosa c'è in gioco. Non siete ancora legati, quindi se lei non è fertile, devi lasciarla. Torna sulla Terra e trovane un'altra che sia disposta a generare tuo figlio.»

Il pensiero di portare un'altra umana nel suo letto gli rimase bloccato in gola, a prescindere dalla posta in gioco. Almeno aveva una scusa valida per prendere tempo. «Non posso tornare sulla Terra. Qualcuno ha cercato di uccidermi alla festa.»

«Cosa?» L'allarme di Damma squarciò il suo Iki'i come una lama.

Arazhi descrisse l'accaduto e come era stato costretto a lasciare indietro il suo ufficiale di sicurezza. Lanciò un'occhiata verso la porta delle stanze reali. «Chiunque abbia avvelenato il cibo è probabilmente la stessa persona che ha cercato di uccidere mio padre. Zhiruto ha bloccato la rete dei trasporti finché non troverà il traditore.»

«È orribile.» Damma si sedette pesantemente sulla sedia, il suo dolore pesava sul suo Iki'i. Poi uno sguardo pensieroso si posò sui suoi lineamenti. «Sai, la Terra non è l'unico posto dove incontrare femmine umane. Alcune donne che abbiamo salvato dalla nave negriera sono ancora con noi. È così che sappiamo dei loro frequenti cicli di estro...»

«Madre!» Lo shock per il suo suggerimento imminente travolse qualsiasi cosa il suo Iki'i potesse ricevere da lei. «Dici sul serio?»

«Non sto dicendo che dovremmo costringere nessuno. Ma tu sei un principe, e piuttosto affascinante. Scommetto che potresti convincerne una a diventare la madre del futuro imperatore della galassia.»

«No.» Si alzò bruscamente dal suo posto. «Ne hanno passate abbastanza. Non le tratterò come bestiame da riproduzione.»

Lei alzò lo sguardo, la voce rauca. «Non lo suggerisco alla leggera. Ma questi sono tempi disperati. Se Aguno salirà al trono, i Senburu controlleranno la galassia, e se ciò accadrà, puoi stare certo che più di un manipolo di primitive donne della Terra sarà costretto in schiavitù... inclusa questa donna che sei così intenzionato ad avere come tua compagna.» L'intensità delle sue emozioni era come un vento di tempesta. «Non hai tempo da perdere con una femmina sterile. Tienila come concubina se lo desideri, ma devi prenderne un'altra che possa partorire un figlio. Hai altro da considerare oltre te stesso, Arazhi. Il tuo dovere deve venire prima di tutto. Il destino della galassia è nelle tue mani.»

Ad Arazhi dolevano i denti per quanto li stava digrignando. Conosceva il suo dovere. Ma conosceva anche Georgie abbastanza bene da sapere che avrebbe rifiutato di diventare una semplice concubina. Con lei, era tutto o niente. E lui provava lo stesso. «Georgie non accetterebbe mai quel ruolo.»

Eppure un senso di nausea cresceva dentro di lui, un sentimento che sapeva di non poter combattere. Sua madre diceva la verità. Non doveva permettere che il suo cuore causasse la rovina della galassia. Ma era incapace di immaginare un futuro senza Georgie. «Dammi qualche giorno. Cercherò di convincerla a vedere un guaritore. E se non ci riuscirò, prenderò in considerazione una madre surrogata.»

Damma si morse le labbra. «Suppongo che potremo mantenere segrete le condizioni di tuo padre ancora per un po'. Ma devi sbrigarti. Non appena si spargerà la voce sulla condizione di tuo padre, i Senburu faranno la loro mossa.»

Chinando il capo in segno di assenso, Arazhi si voltò e uscì a grandi passi dalle stanze reali, diretto verso i suoi alloggi dove Georgie lo aspettava. Aveva passato molto tempo con le femmine e sapeva come compiacerle. Eppure non aveva mai dovuto preoccuparsi di cosa provassero effettivamente per lui. Mai si era sentito così nervoso come in quel momento. Si stava comportando da stolto, come aveva fatto tutti quegli anni prima su Sireta Prime? La delusione di quell'incontro giovanile gli stringeva ancora il petto.

Non sai nemmeno se sia lei quella giusta. Ma c'era un modo per esserne certi.

Prendendo una deviazione verso il cortile, si allontanò dal sentiero verso un roccioso giardino sporgente. Il sole rifletteva ancora sulla cima delle rocce più alte, e lui salì sulla prima sporgenza tagliente, lasciando che i suoi piedi percepissero la durezza della pietra. Aveva giocato spesso lì da bambino, fingendo di essere un esploratore Fogarian, e ora rilassò la sua matrice, immaginando i nasi affilati e i peli facciali comuni a quella specie. Guardandosi le mani, cercò di formare i piccoli artigli e i palmi larghi di un Fogarian.

Sebbene i suoi lineamenti umani si fossero ammorbiditi, non sembrava in grado di afferrare la forma che cercava. Pensando di dover ricominciare da capo, si guardò intorno per assicurarsi che nessuno lo stesse guardando, poi si lasciò scivolare nella sua forma di riposo prima di rimettersi in piedi come un Fogarian.

Ma quando si guardò le mani, avevano le unghie smussate di un umano. Si toccò le guance, trovando la pelle liscia. E il suo naso aveva la stessa forma aquilina che aveva portato negli ultimi giorni. Umano.

Il che poteva significare solo una cosa.

Georgie era la sua compagna destinata Kirenai.

CAPITOLO
TREDICI

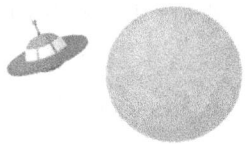

Georgie rimase sulla veranda fuori dalla suite e fissò la vivida foresta aliena sottostante. Imponenti alberi blu crescevano proprio a ridosso delle mura del palazzo, mentre più in là, tra i tronchi, il sottobosco rasoterra sfumava dal mogano al blu notte. Attraverso una piccola radura tra gli alberi, riusciva a scorgere una strada che si snodava nella foresta, animata da veicoli dall'aspetto stranamente organico, mentre altro traffico si muoveva in alto nel cielo azzurro. Eppure, nonostante l'attività, non c'era rumore di motori né rombo di ruote. L'aria era incredibilmente silenziosa; l'unico suono era l'occasionale ronzio, sibilo o fruscio della fauna locale.

Si spostò più avanti lungo la corta ringhiera, restando all'ombra mentre il sole scendeva verso gli alberi. I pochi minuti in cui era rimasta esposta ai raggi della sfolgorante sfera bianca le avevano fatto pizzicare la pelle chiara, e aveva capito subito quanto facilmente si sarebbe scottata sotto quel sole alieno. Almeno una leggera brezza proveniente dalla foresta mitigava il calore.

Inspirando l'aria dall'odore leggermente metallico, ricordò come solo poche settimane prima stesse discutendo con Maise e Lora sulla realtà o meno degli alieni. Ora, eccola lì — nientemeno che in un palazzo alieno — in attesa che il suo amante alieno tornasse. Lanciò un'occhiata ai disegni che ancora brillavano debolmente sulle sue braccia, ricordando come lui avesse creato quelle trame con un'attenzione quasi reverenziale per ogni centimetro del suo corpo. Non era il tipo di ragazza che sveniva per l'emozione, ma, maledizione, ci era mancato poco.

«Georgie.» La sua voce profonda attirò la sua attenzione.

Alzò lo sguardo e lo trovò fermo sulla soglia, rigido, con i lineamenti talmente rilassati da sembrare sotto shock. Preoccupata che avesse ricevuto brutte notizie, gli corse incontro. «Come sta tuo padre?»

Lui le cinse la vita con entrambe le braccia e la tirò a sé, chinandosi per inspirare l'aria profondamente sulla sommità del suo capo. «Non bene.»

Lei gli circondò la vita con le braccia e strinse forte. «Mi dispiace tanto.»

Lui la tenne così per un lungo istante, poi sospirò e le baciò la fronte prima di allontanarsi. «Sei di grande conforto per me.»

Lei gli sorrise. «Allora sono felice di essere qui per te.»

«Lo sono anch'io.» Sospirò pesantemente. «Ma devo parlarti.»

Le si strinse lo stomaco: il suo tono le ricordò quello di Josh quando l'aveva lasciata. «Certo.»

La condusse all'interno verso il grande letto, si sedette sul bordo e la invitò a sedersi accanto a lui. «Sai che, per diventare imperatore, devo generare un erede.»

Già. Praticamente la stessa conversazione che ho avuto con Josh. Perché non poteva valere di più per Arazhi della sua capacità di procreare? «Certo. Capisco.»

Le dita di lui le sollevarono il mento verso di sé. «Potresti riconsiderare l'idea di vedere i nostri guaritori, per favore? Il tempo è essenziale e, vista la situazione sulla Terra, non so quando potrò riportarti indietro.»

Per scambiarmi con una nuova femmina, terminò lei la frase nella sua mente. La gelosia le trafisse il cuore come un ferro rovente, e dovette ricordare a sé stessa di concentrarsi sulle cose belle che aveva sulla Terra. Genitori che le volevano bene, amici, un'attività... be', sperava di avere ancora un'attività dopo il disastro all'asta.

E se i suoi guaritori potessero davvero guarirmi? Arazhi era splendido, ricco, artistico. Sapeva persino come essere autorevole senza essere un idiota — cosa che la maggior parte degli uomini umani non imparava mai. E il modo in cui si prendeva cura di ogni bisogno le diceva che sarebbe stato un padre meraviglioso.

Guardandolo negli occhi, vide una speranza che rispecchiava la sua. Si morse il labbro, resistendo all'impulso di dire di sì e rischiare un altro colpo al cuore. Eppure non riusciva nemmeno a dire di no. Il silenzio si prolungò. *Sì. Di' di sì.* Ma la parola le rimase incastrata in gola.

Come se avesse percepito la sua esitazione, lui le lasciò andare il mento e fece un gesto ampio verso il palazzo. «Ti prometto che, come madre del futuro imperatore, vivrai proprio qui nel palazzo e sarai circondata dalle cose più belle che la galassia possa offrire.»

Fu come se fosse caduta una ghigliottina, troncando ogni impulso ad acconsentire. Questa non era una proposta romantica e nemmeno un'offerta di collaborazione come genitori. Le stava offrendo di pagarla per dare alla luce suo figlio. Strappò la mano dalla sua e si alzò in piedi, guardando dall'alto quell'alieno blu muscoloso. «Non ho alcun desiderio di diventare una fattrice, per quanto ben tenuta. Io voglio un marito.»

Lui si alzò lentamente, gli occhi ridotti a fessure. «Avrei dovuto saperlo.»

Allarmata dalla vista di questo nuovo lato di Arazhi, chiese: «Sapere cosa?»

«Non sei diversa dalle altre.» Le sue labbra si arricciarono in un ghigno. «Sei solo più brava a distrarmi dalle tue bugie con le tue emozioni. Sei davvero sterile? O è solo uno stratagemma?»

Lei aggrottò la fronte e scosse il capo. «Uno stratagemma? Per cosa?»

Lui fece un passo avanti fino a sovrastarla, guardando dall'alto il suo viso. «Per diventare Imperatrice.»

«Per...» Lei lo guardò a bocca aperta. «Pensi che abbia orchestrato tutto questo per diventare Imperatrice?» Puntando le mani contro il suo petto, lo spinse. Lui rimase saldamente al suo posto. Lei lo fissò con aria di sfida, rifiutandosi di arretrare. «Sei tu quello che mi ha rapito, ricordi?»

I suoi insondabili occhi scuri scavarono dritti nella sua anima. «Eri tu a capo dell'asta.»

«E allora? Non ti ho costretto a fare un'offerta per me.» Il suo respiro si fece affannoso. Come osava sottoporla a tutto questo e poi accusarla di essere falsa? «Non sapevo nemmeno che fossi un principe finché non eravamo già in viaggio verso il tuo pianeta.»

Le sue narici fremettero, come se stesse cercando di fiutare la verità. Poi le sue sopracciglia si incurvarono e fece un passo indietro. «Davvero non desideri il trono?»

«Non mi importa nulla di un trono in una galassia lontana anni luce.» Fece un gesto verso il cielo che si scuriva fuori dalle finestre, notando le scie di luce sfumata che Arazhi le aveva tatuato sulla pelle. Era stata una sciocca a immaginare che lui volesse qualcosa di più del suo corpo e della sua capacità di dare alla luce dei figli. *In*capacità, ricordò a se stessa, coprendosi la bocca con una mano per combattere le lacrime che le offuscavano la vista. Sentiva il cuore andare in pezzi. «Voglio un marito che mi ami — a prescindere dal fatto che io possa dargli un figlio o meno.»

I lineamenti di Arazhi si addolcirono e la fissò come se fosse rimasto folgorato. «Ti ho giudicata male.»

Lei allontanò la mano dalla bocca, stringendola a pugno e cercando di richiamare altra indignazione. Ma le sue parole uscirono solo come un sussurro: «Certo che mi hai giudicata male.»

Inginocchiandosi lentamente davanti a lei, le prese la mano serrata. «Puoi perdonarmi?»

Lei ritrasse il pugno, desiderando di avere abbastanza fegato da colpirlo in faccia. «Perché dovrei?»

«Perché ti amo.»

Il tempo si fermò per un istante. Lei sbatté le palpebre. Solo pochi secondi prima l'aveva accusata di inganno. E c'era il fatto che si fossero appena conosciuti. Come poteva amarla? «Lo dici solo perché io vada dai guaritori. Quando confermeranno che sono sterile, mi butterai fuori a calci.»

Lui inclinò la testa. «Non so cosa siano questi calci a cui ti riferisci, ma sta' certa che non ti colpirei mai.»

La sua sincera confusione la fece quasi sorridere. Quasi. «Significa che mi getterai via come spazzatura. Scartata, abbandonata.»

«Mai.» Scosse il capo, i suoi occhi color mezzanotte pieni di integrità. «Desidero darti tutto quello che il tuo cuore desidera. Ho sbagliato a dubitare delle tue intenzioni. Tu sei la mia compagna.»

Prendendole di nuovo la mano, premette la fronte contro le sue nocche, poi incrociò ancora una volta il suo sguardo. «Io, il Principe Arazhi, primo in linea della dinastia Yazhu, offro me stesso per il tuo piacere per il resto dei tuoi giorni. Georgie, secondo l'unione Kirenai, vuoi diventare la mia regina?»

Le mancò il respiro. Diceva sul serio? «Mi stai… mi stai chiedendo di sposarti?»

Lui annuì. «Più che sposarti. Unirsi. I Kirenai si accoppiano per la vita, *kikajiru*. Ciò che chiedo non è banale.»

«Ma tu hai bisogno di un erede. E se i guaritori non potessero guarirmi?»

C'era un accenno di preoccupazione nel suo tono mentre rispondeva: «Abbiamo altre opzioni. Potremmo usare una surrogata per portare in grembo mio figlio, anche se non è qualcosa a cui voglio pensare ora. Tutto quello che so è che non posso vivere senza di te. Ti prego, di' di sì.»

Il suo cuore la spingeva ad acconsentire, ma il cervello la ammoniva con il buon senso. Stava succedendo tutto troppo in fretta per lei. Forse tra gli alieni era normale innamorarsi così rapidamente, ma lei era umana e non aveva mai creduto all'amore a prima vista. «Posso avere del tempo per pensarci?»

Lui si accigliò e abbassò il capo. «Se è ciò di cui hai bisogno.»

Lei deglutì, sentendo il senso di colpa per non riuscire a ricambiare liberamente i suoi sentimenti. «Per gli umani, l'amore richiede più tempo.» Prima di potersi fermare, aggiunse: «Lascia che veda prima i guaritori.

Se non potranno aiutarmi, avrai la possibilità di cambiare idea.»

Lo sguardo di lui si agganciò al suo come un fulmine. «Nulla di ciò che diranno cambierà il mio desiderio per te.»

La sua pelle divampò di calore e le ginocchia le si indebolirono. Dio, voleva che lui la toccasse proprio ora, che si alzasse e la stringesse a sé. Era come se ogni terminazione nervosa avesse preso fuoco. Ma non sarebbe stato giusto cedergli, non finché non avessero avuto una risposta. Se l'avesse voluta ancora una volta confermata la sua infertilità, allora avrebbe detto di sì. Sollevò il mento in segno di sfida. «Potrebbe non cambiare la tua idea, ma potrebbe cambiare la mia.»

Quello stesso quasi-sorriso che aveva sfoggiato all'asta gli addolcì i lineamenti, come se avesse appena intravisto il suo segreto più profondo. «Allora vedremo i guaritori. Ma non importa cosa accadrà, sarai la mia sposa.»

Lei annuì lentamente, ancora incerta.

Lui lasciò che la sua attenzione scivolasse lentamente lungo il corpo di lei, e Georgie divenne fin troppo consapevole del fatto che non indossasse biancheria sotto la sottile stoffa avvolta intorno a lei come un asciugamano. Lui fece scorrere un dito lungo l'orlo del tessuto che le scendeva sul davanti, prendendo il bordo inferiore e sfregandolo tra le dita così che si aprisse all'altezza della coscia. «Sei bellissima così.»

Un soffio d'aria le solleticò le parti intime, e lei prese un respiro che improvvisamente sembrò denso di desiderio. «Grazie. Ma vorrei dei vestiti veri prima di andare ovunque. Temo che questo possa cadere in un momento inopportuno.»

Con un rapido strattone, lui liberò la veste. «Vedo cosa intendi.»

Lei si affrettò ad afferrarla prima che cadesse sul pavimento. «Arazhi!»

Entrambe le mani di lui avvolsero le sue, bloccandola sul posto così che restasse completamente nuda davanti a lui. Lui le guardò i seni. «Molte specie non indossano affatto vestiti, lo sai.»

La sua pelle si sentiva elettrizzata e il battito accelerò. La bocca di lui era abbastanza vicina da poterla baciare. *Fallo*, la incitò il cuore. O era la sua intimità? Lui le aveva messo gli ormoni in subbuglio. E chiaramente la desiderava ancora, anche se lei non poteva rimanere incinta. «Ma tu sei quello che indossa i vestiti.»

«Davvero?» La sua voce profonda la fece quasi sciogliere.

Lei abbassò lo sguardo tra loro e trattenne il fiato — i suoi pantaloni erano spariti, e il suo membro era turgido e pronto. Sentì un fremito interiore. «Oh.»

Con le dita ancora intorno alle sue, la attirò verso il suo sesso accaldato. Guidando il suo tocco, lui spinse verso il basso finché la punta non si insinuò tra le cosce di lei.

Incapace di resistere, lei inarcò i fianchi e lasciò che lui le scivolasse tra le gambe. Era già bagnata, e sussultò alla sensazione delle sue nervature che premevano contro il clitoride. Un gemito inintelligibile le sfuggì dalle labbra.

Liberando le mani dalle sue, gli afferrò il sedere, tirandolo in avanti finché i loro bacini non si incontrarono, con il suo membro stretto tra le proprie gambe.

La sua lunghezza pulsava contro le grandi labbra di lei.

Lei lasciò cadere la testa all'indietro. «Come fai a essere così maledettamente sexy?»

Rapido come un fulmine, la gettò sul letto e infilò un ginocchio tra le cosce di lei mentre le saliva sul corpo, costringendole le gambe ad aprirsi durante il movimento. Raggiunta la sua bocca, si chinò e pretese un bacio, con la lingua esigente e urgente.

Lei si lasciò sprofondare nel piacere del momento mentre la coscia muscolosa di lui premeva contro il suo centro infuocato. Una delle mani di lui si spostò sul seno, massaggiando e stuzzicando il capezzolo fino a una dolorosa eccitazione. La sua lingua esplorava la bocca di lei, riempiendola ancora e ancora mentre si agitava sotto la pressione della sua coscia.

Lui le sollevò l'altra gamba, aprendola bene finché la punta del suo sesso non sondò la sua fessura. Stuzzicandone l'apertura, sparse il suo calore con la propria lunghezza, roteando, fremendo, pulsando. Poi, con un unico, brusco affondo, spinse il lungo membro caldo dentro di lei.

Il movimento la portò sull'orlo dell'orgasmo quasi immediatamente. Gridò, affondando le unghie nel sedere di lui.

Con brevi spinte, continuò a baciarla finché le scosse dell'assestamento non finirono. Poi si ritrasse e la riempì di nuovo, iniziando un ritmo martellante. Ogni volta che lui affondava, lei ansimava, il piacere aumentava in ondate crescenti mentre un secondo culmine si formava dentro di lei.

Lui le prese il viso tra le mani e la baciò finché lei non si sentì inerme sotto quell'assalto. Quando l'orgasmo esplose, arrivò come una tempesta, un lampo di luce e un rombo di tuono che fece contrarre ogni muscolo del suo corpo.

Si era appena ripresa quando l'eiaculazione di Arazhi scatenò il suo terzo orgasmo. Il seme bollente di lui che si spandeva tra le cosce di lei fu puro piacere, mentre lui spingeva con i fianchi, venendo profondamente dentro di lei. Lui sussultò e si accasciò sopra di lei, respirando faticosamente.

Rimasero uniti, il peso di lui una pressione confortante, le sue dita intrecciate nei capelli di lei mentre si sosteneva sui gomiti. Quando i respiri rallentarono, lui le strofinò il naso contro l'orecchio e le seminò baci sul collo, tenendo le braccia intorno a lei come una gabbia protettiva. «Non ti lascerò mai più.»

CAPITOLO
QUATTORDICI

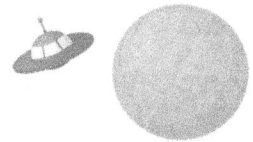

Il mattino seguente sedevano di nuovo sulla veranda, godendosi una colazione leggera insieme prima che il sole spuntasse all'orizzonte. I suoni sommessi di animali e insetti tra gli alberi creavano una melodia di cui Arazhi si rese conto di aver sentito la mancanza durante la sua assenza. Essere lì con Georgie gli sembrava più giusto di quanto avesse mai potuto immaginare. Aveva fatto l'amore con lei per tutta la notte, lottando contro il bisogno di compiere il passo finale del loro legame. Lei non comprendeva ancora cosa significasse il suo impegno e, sebbene fosse sotto pressione per generare un erede, intendeva concederle tutto il tempo necessario affinché lo riconoscesse come suo compagno.

Le mise un altro panino *kazhitu* nel piatto. «Come creano un legame i compagni umani?»

Georgie fece spallucce. «Di solito una coppia celebra un matrimonio e invita tutti gli amici e la famiglia per ascoltare i propri voti di amore eterno.» Un'ondata di amarezza attraversò il suo Iki'i. «Ma la maggior parte degli umani in realtà non si lega per la vita.»

Lui annuì lentamente, percependo di aver toccato un tasto dolente. «Esistono molte specie così. Ma per un Kirenai e la sua compagna, non esiste rottura del legame una volta che è stato stabilito.»

Lei emise un suono vago e diede un morso al panino, guardando verso la foresta.

Allungando la mano, lui le prese la sua, riportando l'attenzione della donna sul proprio volto. «Sento che dubiti di me. Ma quando scegliamo un compagno, scambiamo molto più che semplici promesse. Per formare un legame di coppia, un Kirenai trasmette un piccolo marcatore genetico che garantisce al compagno una vita prolungata, solitamente quanto basta per eguagliare la nostra.»

Georgie aggrottò le sopracciglia. «Vita prolungata? I Kirenai vivono a lungo?»

Lui si appoggiò allo schienale della sedia. «Non è insolito per noi vivere dagli ottocento ai mille anni terrestri.»

Il panino che teneva in mano ricadde sul piatto con un tonfo sordo. «Quanti anni hai?»

«Sono ancora giovane, non ne ho ancora duecento. Avremo una lunga e meravigliosa vita insieme.»

L'incredulità la ridusse al silenzio, e lui le lasciò qualche istante per riflettere. Poche specie vivevano quanto i Kirenai, e comprendeva che un tale arco temporale potesse intimidire.

Alla fine lei sussurrò: «Devo assolutamente vedere i guaritori prima di fare qualcosa di cui ti pentirai.»

Si preoccupa ancora che io possa rifiutarla. Il cuore gli si strinse. L'aveva ferita dubitando delle sue motivazioni. E sebbene anche lui fosse preoccupato di come avrebbe prodotto un erede, non era disposto a rinunciare alla donna che aveva reclamato il suo cuore. «Questo non influisce sul nostro legame. Abbiamo tutto il tempo per vedere i guaritori.»

«Prima hai detto che il tempo era essenziale per produrre un erede. Penso sia giusto che tu sappia quali saranno le tue opzioni.» Premette le dita contro alcune briciole sul tavolo e le depositò nel piatto. «Togliamoci il pensiero, come quando si strappa un cerotto.»

Il traduttore universale aveva ancora difficoltà con i suoi modi di dire, ma lui pensò di averla capita. «Devi lasciarti alle spalle questa preoccupazione.»

Lei annuì.

«Se è questo ciò di cui hai bisogno, allora vedremo subito i guaritori.»

Lei allontanò il piatto. «Sono pronta quando vuoi tu.»

Lui si alzò. «Dopo, voglio portarti nei campi di popotan per un picnic. Penso che ti piaceranno.»

La condusse attraverso il palazzo fino alla clinica e lasciò che Georgie spiegasse ciò che i medici sulla Terra le avevano detto. «Non lesini sforzi», istruì Elthos, il guaritore personale di suo padre. «E faccia in fretta. Lei capisce cosa c'è in gioco.»

«Certamente, Principe Arazhi.» Il Qalqan dalle scaglie rosa annuì e chiese a Georgie di accompagnarlo nella camera di scansione.

Mentre Georgie veniva sottoposta agli esami, Arazhi organizzò la visita ai campi di popotan, sperando di darle qualcos'altro su cui concentrarsi mentre aspettavano i risultati. Normalmente avrebbe usato il suo trasporto privato, ma voleva che Georgie vivesse il fascino autentico del distretto rurale allo stesso modo in cui l'aveva vissuto lui da bambino. Organizzò un trasporto aereo per scendere nella zona panoramica pubblica e selezionò una manciata di guardie del palazzo perché li accompagnassero; solitamente Arazhi viaggiava solo con Zhiruto, ma gli eventi recenti lo avevano reso più cauto, e voleva godersi la giornata con la sua compagna senza distrazioni. Dalle cucine del palazzo coordinò un pranzo al sacco adatto a un essere umano per il loro arrivo. Voleva che tutto fosse perfetto, pur mantenendo abbastanza spontaneità da permettere a Georgie di fare le proprie scelte.

Quando Georgie emerse dall'ala medica con il volto arrossato, lui era soddisfatto, certo che la loro giornata sarebbe stata perfetta.

«Hanno detto che hanno bisogno di qualche giorno per analizzare i dati e proporre un trattamento», disse lei. Lui le aveva messo a disposizione una selezione di abiti, e ora indossava una tunica bianca fluida e pantaloni ampi e leggeri che riuscivano comunque a mettere in risalto le sue deliziose curve mentre camminava.

«Non c'è nulla che tu possa fare ora, quindi godiamoci la nostra giornata insieme.» Conducendola al trasporto aereo, le porse un cappello a tesa larga per tenerla al fresco sotto l'implacabile sole dei Kirenai. «Tieni, ti servirà quando non saremo all'ombra.»

Salirono a bordo del piccolo velivolo e due guardie di sicurezza scivolarono discretamente nei sedili ribaltabili dietro il pilota. Altre quattro seguirono in un altro velivolo dietro di loro.

Si sistemò nel morbido sedile accanto a lei, indicando fuori dal finestrino mentre il mezzo si alzava in volo. «Tieni d'occhio i luoghi in cui ti piacerebbe celebrare un matrimonio.»

«Non ho ancora detto di sì, Arazhi.» Gli scoccò un'occhiata accigliata, eppure un caldo affetto inondò l'Iki'i dell'uomo. Voltandosi a guardare fuori dal finestrino, aggiunse: «Ma pianificare un matrimonio alieno potrebbe essere divertente.»

Pensando che forse avesse nostalgia di casa, disse: «Possiamo celebrare il nostro matrimonio sulla Terra, se preferisci. O se preferisci, farò venire qui la nostra flotta reale a prendere i tuoi amici e la tua famiglia.»

«Possono venire qui?» Gli rivolse uno sguardo dubbioso. «Tutti quanti? Perché mia zia Billie ha almeno una dozzina di cugini con le loro famiglie che vorrebbe invitare.»

«Invita pure quanti ne vuoi, *kikajiru*. Puoi pianificare l'intero evento.»

Il breve volo verso la regione montuosa dove crescevano i popotan fu tranquillo, e lui le indicò alcuni punti di riferimento chiave che emergevano dalla fitta vegetazione che ricopriva il pianeta.

Atterrarono vicino a una radura turistica pubblica con una splendida vista sul fianco della montagna, e lui la scortò verso un'area ombreggiata dove la gente si riuniva per mangiare e godersi il panorama. Il profumo fresco e speziato del ghiaccio *ukimi* giunse verso di loro da un carretto di cibo vicino.

Rimase vicina a lui, chiaramente a disagio sotto gli sguardi insistenti degli altri visitatori. «Mangeremo qui?»

«Non qui. Ti porterò dove andavamo a fare i picnic quando ero bambino. Ma volevo farti vivere l'atmosfera completa.» I picnic in famiglia erano uno dei suoi ricordi d'infanzia più cari, e sperava che Georgie sarebbe stata disposta a continuare la tradizione una volta che avessero avuto un figlio tutto loro.

Indicò le file di enormi foglie color lavanda che delineavano i contorni della montagna come pinne dorsali. «Le piante di popotan sono sempre rivolte verso il sole. Una volta da bambino mi sono perso tra i filari perché avevano ruotato. Pensavo fosse un gioco bellissimo, ma i miei genitori erano terrorizzati. Mandarono metà delle guardie del palazzo a cercarmi.»

Georgie sorrise. «Mi ricordi me e mia madre quando mi portava a fare shopping da K-Mart. Adoravo nascondermi tra gli scaffali dei vestiti e lei si arrabbiava tantissimo.»

Prendendola per il gomito, la guidò verso il sentiero che zigzagava su per la montagna verso i campi. Lungo il percorso, le cupole trasparenti dei *teozhisa* – tradizionali carrelli a bolla fluttuanti – procedevano tra il fogliame. Normalmente avrebbe preso un mezzo privato per il picnic, ma voleva che Georgie vivesse l'esperienza completa. «Ti andrebbe di camminare? Oppure possiamo prendere un *teozhisa*.» Indicò un carrello in attesa, con il conducente quasi nascosto nel piccolo scomparto sotto la cabina passeggeri. La cabina a forma di bolla permetteva ai passeggeri una vista completa dei dintorni.

Arazhi intendeva fermarsi a un belvedere fuori dai sentieri battuti. C'era una splendida cascata nelle vicinanze, e i popotan erano eccezionalmente vibranti in quella zona. Due guardie avevano preso il trasporto aereo per arrivare lì prima di loro e allestire il pranzo.

«Preferirei andare in carrozza. Non sono ancora abituata a questo caldo.» Le sue guance rosee brillavano di sudore, ricordandogli il suo aspetto dopo un intenso atto d'amore. La sua anatomia umana si tese, e dovette frenare il desiderio. Ci sarebbe stato tempo per quello una volta raggiunta la sua area picnic privata.

«Certamente.» Fece segno a una delle sue guardie di provvedere.

Due dei suoi uomini salirono sul primo *teozhisa*, partendo in anticipo. La guardia si inchinò verso Arazhi e si allontanò, segnalando al conducente successivo che la corsa era stata pagata, poi passò a quello seguente per organizzare il trasporto per il principe e la sua compagna.

Con una mano sulla parte bassa della schiena di

Georgie, Arazhi la guidò in avanti e aprì la portiera, rivelando un sedile imbottito all'interno.

L'esile conducente Kirenai fece capolino dal suo scomparto, ovviamente nervoso all'idea di guidare il suo principe, ma nascondendo bene le emozioni.

Arazhi ricambiò con un cenno del capo, poi si strinse accanto a Georgie, mettendole un braccio attorno alle spalle mentre il *teozhisa* partiva con un piccolo sussulto. La foresta da entrambi i lati era lussureggiante di piante rampicanti viola scuro e fiori color mogano con gole gialle, e superarono rapidamente diversi gruppi che salivano a piedi mentre seguivano un tornante dopo l'altro.

L'abitacolo passeggeri si inclinava pericolosamente a ogni curva, e Georgie gli afferrò il braccio. «Deve proprio andare così veloce?»

«Probabilmente è nervoso perché trasporta dei reali.» Arazhi parlò nell'interfono, chiedendo al conducente di rallentare.

O l'interfono era rotto, o il conducente era troppo nervoso per obbedire. Uscirono dalla foresta entrando nel bordo inferiore dei campi, svoltando un altro angolo su una sporgenza rocciosa. La vista lungo il fianco della montagna si spalancò, mostrando un oceano di foresta blu con occasionali guglie o gruppi di capanne arrotondate.

«È incredibile che riusciate a costruire astronavi con queste piante», disse Georgie.

«Ha a che fare con la loro sensibilità alla luce. Se ti interessa, posso organizzare un incontro con uno scienziato.»

Lei rise. «Probabilmente non capirei quasi nulla di quello che dice.»

Il *teozhisa* ondeggiò di nuovo, e Arazhi si accigliò. Era passato molto tempo dall'ultima volta che era stato lì, ma era quasi certo che avessero sbagliato strada. Le guardie dovevano essere state poco chiare nelle indicazioni.

Mi manca Zhiruto. Colpì con più forza il pavimento. «Dove ci stai portando? Non dobbiamo lasciare il sentiero.»

Il conducente non si fermò. Anzi, sembrò accelerare.

«Cosa sta succedendo? Dove stiamo andando?» Georgie si aggrappò al suo braccio. La sua paura lo trafisse nell'Iki'i e fece battere ancora più forte il suo cuore già in corsa.

Aprì la portiera di uno spiraglio e si sporse per guardare nello scomparto del conducente. Lo scomparto era vuoto e il terreno roccioso passava sotto di loro a velocità folle.

«*Kuzara*», imprecò, ritirandosi nella cabina. «Qualcosa è successo al conducente. Devo azionare i freni.»

Ma era troppo tardi. All'improvviso il terreno mancò sotto di loro, e non stavano più fluttuando: stavano cadendo. Il *teozhisa* si inclinò, scaraventandoli entrambi in avanti contro il parabrezza. Sotto di loro, rocce frastagliate incombevano come denti.

Non c'era tempo per pensare. Doveva proteggere la sua compagna. Rilassandosi nel suo stato di quiete, la avvolse completamente.

Poteva solo sperare che il proprio corpo bastasse a salvarla.

CAPITOLO
QUINDICI

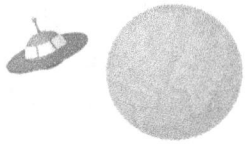

Georgie aprì gli occhi e si trovò davanti un muso rosa e scaglioso che le occupava tutta la visuale. Sussultò, e il Qalqan si ritrasse, costringendola a socchiudere gli occhi per via delle luci accecanti sopra di lei. L'ultima cosa che ricordava era che stavano precipitando da un dirupo, poi aveva avuto la sensazione di essere avvolta nella pellicola trasparente, la stessa sensazione provata quando Arazhi l'aveva trasportata sulla sua nave. Ora si trovava nella clinica del palazzo, distesa sullo stesso lettino su cui era stata poco prima per le scansioni.

Il guaritore che l'aveva svegliata teneva in mano uno strano dispositivo a più punte e, con una voce rauca, come chiodi su una lavagna, disse: «È cosciente.»

Un secondo Qalqan entrò nel suo campo visivo; la sua gonna nera e le bretelle erano identiche a quelle indossate dal primo. Erano gli stessi guaritori che avevano effettuato le scansioni in precedenza? Avrebbe voluto che portassero delle targhette con il nome o qualcosa del genere. Si vergognava di ammettere che non riusciva a distinguerli.

«Cosa è successo?» Sentiva gli occhi lucidi e ogni muscolo del corpo le andava a fuoco.

«Siete stata coinvolta in un incidente», disse il primo guaritore. «È rimasta priva di sensi per due giorni.»

L'altro guaritore gracchiò: «Informo la squadra di sicurezza che siete sveglia. Vogliono parlarvi.»

«Due giorni?» L'ultima cosa che ricordava era il suolo che saliva verso di loro a velocità folle. Era quasi un miracolo che fosse viva. *Quei carrelli bolla devono avere delle misure di sicurezza davvero ad alta tecnologia.*

Mosse le dita delle mani e dei piedi, sollevando entrambe le braccia per vedere se ci fosse qualcosa di rotto. Nonostante i dolori, sembrava essere integra. Con una smorfia, si mise a sedere. Due guardie dalla pelle blu stavano vicino all'uscita, e un'altra coppia sorvegliava la porta opposta. Il resto della stanza era vuoto.

«Dov'è Arazhi?» chiese.

«Al momento si trova in una capsula di rigenerazione. Ha subito una quantità straordinaria di danni e avrà bisogno di tempo per riprendersi.»

Sentì un nodo allo stomaco. Com'era possibile che lui fosse ferito così gravemente se lei stava bene? Scese dal letto, con il dolore che le trafiggeva le ginocchia non appena i piedi sostennero il suo peso. «Posso vederlo?»

Il guaritore più vicino annuì. «Certamente. Da questa parte.»

Strinse i denti e zoppicò oltre un paio di guardie fino alla stanza successiva, dove quelle che sembravano quattro vasche in cemento piene di liquido verde erano allineate contro una parete. L'aria profumava di fragole e un leggero ronzio proveniva dai pannelli a muro su cui scorreva un testo illeggibile.

Il guaritore fece scivolare qualcosa di simile a una tavola da surf fluttuante accanto a una delle vasche. «Qui, si sieda. È sedato e potrebbe rispondere lentamente, ma può sentirLa. Farò venire qui la squadra di sicurezza quando arriverà.»

Lei si avvicinò alla vasca e sbirciò nel liquido verde lucido. Le ricordava la gelatina prima che si solidificasse, solo che invece di frutta e marshmallow che galleggiavano all'interno, un fango blu copriva il fondo. Corrugò la fronte. Dov'era Arazhi?

«Credo che questa sia quella sbagliata.» Si guardò alle spalle, ma il guaritore se n'era già andato.

Con le gambe tremanti, si appoggiò allo sgabello fluttuante e zoppicò fino alla vasca successiva, scrutandovi dentro. Il fluido verde in questa era completamente limpido. Passò alla successiva. Anche quella sembrava vuota.

Si voltò per tornare indietro lungo la fila verso la vasca all'altra estremità, quando una donna bassa con la pelle d'alabastro e i capelli blu scuro entrò nella stanza e si affrettò verso la prima vasca accanto alla quale Georgie era stata seduta.

La donna afferrò il bordo e guardò fisso nel fluido verde. «Arazhi, devi svegliarti.»

Georgie aggrottò le sopracciglia. La vista le stava giocando uno scherzo? Forse aveva una commozione cerebrale. O forse Arazhi era in qualche modo celato nello strato blu sul fondo. «Arazhi è lì dentro?»

La donna scattò con la testa verso l'alto, il suo sguardo divenne istantaneamente perspicace. «Tu devi essere Georgie.»

«Sì.» Il portamento e il tono della donna fecero venire voglia a Georgie di fare un passo indietro. Chi era quella persona e perché sembrava così ostile? Le venne in mente un vago ricordo delle foto che Arazhi aveva sulla sua nave: una donna dai capelli blu che indossava una corona di diamanti intrecciati. «È sua madre?»

Con lo sguardo che passava sul corpo di Georgie come se la stesse giudicando e trovando carente, la donna disse: «Io sono l'Imperatrice Vella.»

Rendendosi conto di trovarsi faccia a faccia con l'Imperatrice dell'intera, maledetta galassia, Georgie tentò un goffo inchino. Poi si sentì sciocca. Gli alieni facevano l'inchino ai reali? «Un piacere conoscerLa, Vostra Altezza. È questo il titolo corretto?»

«Non ho tempo per i titoli.» L'Imperatrice Vella si voltò di nuovo verso la vasca. «Lasciaci soli.»

L'indignazione le pizzicò la schiena. Capiva la preoccupazione di una madre, ma Arazhi era importante per lei. «Ero nell'incidente con lui. Ho bisogno di sapere che sta bene, poi me ne andrò.»

Sempre di spalle, le spalle dell'Imperatrice Vella rimasero rigide. «Si riprenderà. Ma è quasi morto a causa tua.»

«Mia?» Georgie si portò una mano al petto. Da dove veniva la rabbia di quella donna? «Non ho causato io quello schianto.»

«Non direttamente, ma era diretto a te.» Con uno sguardo oltre la spalla, l'Imperatrice le lanciò dei veri e propri dardi con gli occhi.

Georgie sussultò. «Perché qualcuno dovrebbe volermi uccidere?»

«Perché pensano che porterai in grembo l'erede di Arazhi.» L'Imperatrice Vella si voltò per affrontarla. «Sarebbe un conto, se tu potessi, ma non puoi. Sarebbe potuto morire per proteggerti, e tu non puoi nemmeno dargli l'unica cosa di cui ha bisogno.»

La nausea le salì in gola. «Non lo sappiamo ancora. Lui dice che i guaritori probabilmente possono curarmi.»

La donna strinse le labbra indaco. «Ho appena parlato con i guaritori. Dicono che non possono.»

La stanza sembrò inclinarsi e Georgie si sorresse con una mano sullo sgabello. *Immagino che non esista la privacy medica quando si tratta di dottori alieni.* «Hanno detto il perché?»

L'Imperatrice Vella incrociò le braccia. «Solo che non siete compatibili, altrimenti saresti già incinta.»

Odiando la speranza che Arazhi aveva acceso dentro di lei, disse: «Non è giusto. Io e Arazhi ci conosciamo solo da pochi giorni.»

La donna incrociò le braccia. «Sa dove abbiamo ottenuto la maggior parte dei nostri dati sugli umani? Da femmine che sono state rapite dai trafficanti del mercato nero per diventare riproduttrici. Le abbiamo salvate dalla schiavitù, ma tutte le umane a bordo di quella nave che erano state fecondate dai Kirenai avevano già concepito. Sembra che le umane siano unicamente ricettive all'inseminazione Kirenai.» L'Imperatrice fece un passo avanti. «O non lo sono affatto.»

Le parole della donna spezzarono la tenue speranza di Georgie, facendole crollare addosso il dolore come una trave d'acciaio da diecimila libbre. Non riusciva a respirare. Era esattamente ciò che aveva temuto quando Arazhi aveva suggerito di lasciare che i guaritori cercassero di curarla.

Delle increspature scossero la superficie del fluido verde dietro l'Imperatrice. La superficie si divise e apparve il volto di Arazhi. I suoi occhi rimasero chiusi, ma le sue labbra si mossero. «Damma, basta.»

L'Imperatrice Vella non guardò nemmeno nella sua direzione. «Non puoi proteggerla, Arazhi. Lei merita di sapere cosa accadrà.» Si mosse di nuovo in avanti finché non si trovò a un braccio di distanza da Georgie. «Ha altro da considerare oltre al suo futuro. Si ricorda le schiave che ho menzionato? Se mio figlio non riuscirà a produrre un erede, i nostri nemici prenderanno il controllo della galassia, e la prima cosa che faranno sarà costringere ogni femmina fertile sul suo pianeta a diventare una riproduttrice. Una schiava.»

Uno shock gelido travolse Georgie. Poi ricordò l'asta, e il suo shock si trasformò in rabbia. «Non è quello che suo figlio ha già cercato di fare alla mia asta?»

Questa volta parlò Arazhi, il cui volto era ancora l'unica parte visibile di lui. «Quello è stato un malinteso. Una serva vincolata entra in un contratto volontariamente, e io ho rinunciato alla mia pretesa su di te quando hai chiarito i nostri termini.»

«I nostri nemici non fanno tali contratti», aggiunse l'Imperatrice Vella. «Prendono ciò che vogliono con la forza. Ecco perché un erede è così fondamentale. Deve lasciare che mio figlio ne scelga un'altra e compia il proprio destino.»

Georgie si rese conto che stava scuotendo la testa in segno di diniego e si fermò di colpo. Negli ultimi giorni, i suoi sentimenti per Arazhi erano cresciuti. Erano diventati qualcosa che non era ancora pronta ad ammettere. E la sua insistenza sul fatto che la volesse indipendentemente dalla possibilità di avere figli aveva quasi abbattuto la sua resistenza. Voleva essere sua moglie. Imparare ad amarlo e passare il resto della sua vita al suo fianco. Ma se il futuro della Terra era davvero a rischio, questo cambiava tutto. Com'era possibile che fosse diventata improvvisamente responsabile del destino della galassia?

Arazhi disse dolcemente: «Damma, lei è il mio destino. La mia forma si è stabilizzata.»

La pelle d'alabastro dell'Imperatrice si tinse di rosa, e lei si girò di scatto per guardare nella vasca. «Ti sei già legato a lei?»

«Manca solo l'ultimo passo.»

Di cosa stava parlando? Quale ultimo passo? E perché poteva vedere solo il suo volto? Sebbene le avesse detto che la sua gente era composta da mutaforma, lei non aveva mai avuto l'occasione di chiedere quale fosse il suo vero aspetto. Ora sosteneva di essersi stabilizzato. Significava che non avrebbe mai visto la sua vera forma? Si avvicinò alla vasca per scrutare nel liquido verde. Ma sebbene il volto in superficie fosse quello di Arazhi, ciò che stava sotto non sembrava affatto un corpo. Sembrava un grumo informe di plastilina blu.

Georgie fece un passo indietro, l'incertezza che le ribolliva nello stomaco. «Cosa è successo al tuo corpo? L'incidente ha causato questo?»

Gli occhi di lui si aprirono per la prima volta, cercandola. «Non era così che volevo presentarti il mio stato di riposo.»

«Stato di riposo? Vuoi dire che questa è la tua forma Kirenai?» Fece un altro passo indietro. «Avrai questo aspetto d'ora in poi?»

«No. Una volta guarito, sarò come mi hai visto prima. Come preferisci.» La superficie del liquido sciabordò contro le pareti come se lui si stesse muovendo lì sotto.

L'ansia che le era salita in gola si placò, ma solo in minima parte. Vederlo ridotto a una testa decapitata era inquietante. Fece un altro passo indietro finché non riuscì più a vedere altro che il suo volto.

L'Imperatrice Vella parlò a bassa voce, meno arrabbiata e più disperata. «Capisco che tu debba legarti a lei. Ma prima di farlo, devi generare un figlio con un'altra. Ci sono altre femmine nel palazzo che sarebbero surrogate disposte.»

«Non troverò piacere in un'altra», ringhiò Arazhi, e il liquido sciabordò più violentemente. «Georgie... per favore, non andare.»

«Non lo farai per il tuo piacere», insistette l'Imperatrice. «Lo farai per il destino della galassia.»

«Imperatrice Vella.» La voce familiare e rauca fece sussultare Georgie. Sulla porta c'era uno dei guaritori, con la piccola coda rosa che scattava rapidamente avanti e indietro. «L'Imperatore ha urgente bisogno di voi.»

Gli occhi dell'Imperatrice si spalancarono. «Arrivo.»

Lanciò un ultimo sguardo ad Arazhi. «Sai cosa devi fare.»

Poi uscì infuriata senza degnare Georgie di un altro sguardo.

Georgie rimase immobile per diversi battiti, incerta. Metà di lei voleva fuggire, lasciare Arazhi libero di prendere le sue decisioni. L'altra metà voleva correre verso la vasca per stare vicino all'uomo — all'alieno — che sosteneva di amarla.

«Per favore, avvicinati, kikajiru», chiese Arazhi. «Voglio vederti. Temevo di non riuscire a proteggerti dalla caduta. Stai bene?»

Lentamente, lei si avvicinò; gli ultimi istanti di quella caduta ora avevano senso. Le braccia di Arazhi attorno a lei. L'improvvisa sensazione di essere racchiusa in qualcosa di solido. Lui l'aveva letteralmente avvolta con il suo stesso corpo, assorbendo tutto l'impatto per proteggerla. «Grazie per avermi salvata.»

«Sei la mia compagna.» La figura blu sotto il liquido ora aveva una parvenza di braccia e gambe, anche se non era certamente il corpo che ricordava. «Ho ancora bisogno di un po' di tempo nel fluido rigenerante, ma presto avrò l'aspetto che desideri. Lo prometto.»

Lei sorrise, sorpresa di non essere più di tanto infastidita dal suo aspetto attuale. «Ehi, nemmeno io appena sveglia sembro una principessa.»

«Mi piace il tuo aspetto al mattino.» Lui sorrise.

Il sorriso di lei vacillò. «Perché non mi hai parlato delle schiave umane?»

«Volevo farlo. Non ne abbiamo ancora avuto l'occasione. Ti porterò a vederle non appena potrò uscire da questa capsula.»

«Aspetta. Sono ancora qui? Su Kirenai Prime?» Corrugò la fronte. «Pensavo che tua madre avesse detto che erano state liberate.»

«Sono libere, ma abbiamo creato una comunità qui su Kirenai Prime dove possono crescere i loro figli. I Kirenai non prosperano senza i propri simili che insegnino loro.»

Lei deglutì e guardò di nuovo il suo corpo. «I bambini sono mutaforma dalla nascita?»

«Nascono con l'aspetto della specie della madre, ma i maschi entreranno e usciranno dallo stato di riposo poco dopo la nascita. Ci vuole tempo perché sviluppino la capacità di mutare in altre forme.»

Sarebbe rimasta terrorizzata se il suo bambino si fosse improvvisamente sciolto in melma blu tra le sue braccia. «Deve essere stato un bello shock per quelle donne.»

«Sì. Ma gli umani sembrano essere meravigliosamente resilienti.» Si fece più cupo. «Mi dispiace che i guaritori non abbiano avuto la risposta che speravamo.»

Lei annuì e guardò il pavimento, cercando di fare ordine tra le proprie emozioni. «Anche a me. Ma almeno possiamo usare una surrogata.»

«Kikajiru, sei sicura di volere questo?» la voce di lui aveva assunto un tono aspro.

Lei fece spallucce, evitando di guardarlo. Non voleva che vedesse la sua delusione. «Non è che andrai a letto con lei o altro. Potrò amare tuo figlio come se fosse mio.»

Lui rimase in silenzio.

Lei riportò lo sguardo sul suo volto. L'espressione sofferente di lui la fece sprofondare all'indietro sullo sgabello. «Cosa non mi stai dicendo?»

Lui strinse gli occhi. «L'inseminazione artificiale non è possibile per i Kirenai. La donna che porterà in grembo mio figlio avrà un legame con me, anche se non forte come il legame tra compagni.»

Lei guardò la parete con il testo scorrevole, mentre un senso di torpore si diffondeva in lei. La donna che avrebbe portato suo figlio non sarebbe stata una mera surrogata. Sembrava che sarebbe diventata una seconda compagna. Ma in quale altro modo lui avrebbe avuto un erede? Doveva proteggere la Terra e chissà quanti altri pianeti nella galassia dalla schiavitù. *Non voglio condividerlo.* Meritava di meglio. E, a essere onesti, anche la madre di suo figlio meritava di meglio.

Alzandosi, Georgie diede un ultimo sguardo alla vasca. Anche se il corpo di Arazhi non era al momento umano, lui era comunque l'uomo perfetto. Impegnato. Comprensivo. Solidale. Sarebbe stato un marito e un padre meraviglioso. Per qualcun altro.

Le lacrime le velarono gli occhi. Dio, voleva baciarlo un'ultima volta. Sentire le sue braccia attorno a sé, percepire il battito del suo cuore accanto al proprio. Ma l'unico modo in cui lui avrebbe fatto ciò che doveva essere fatto era che lei se ne andasse. «Non sopporto l'idea di doverti condividere», sbottò.

«Georgie, io...»

«Devi accoppiarti con un'altra e diventare imperatore.» Fece un passo indietro, ogni parola sembrava soffocarla. «Dà il tuo cuore alla madre di tuo figlio, se puoi... È la cosa giusta da fare. Me ne vado, per il bene di tutti. Addio, Arazhi.»

Prima che lui potesse dire altro, si voltò e fuggì dalla stanza.

CAPITOLO
SEDICI

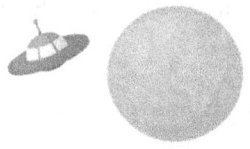

Arazhi cercò disperatamente di riprendere la sua forma umana per uscire dal guscio e seguire Georgie. Ma i tessuti connettivi nella sua matrice erano stati danneggiati nella caduta e mantenere una forma specifica era quasi impossibile. Persino il semplice compito di mantenere i lineamenti del viso mentre parlava era stato atroce. I sedativi infusi nel suo fluido rigenerante minacciavano di costringerlo a dormire ancora una volta.

Maledetta Damma per aver interferito. Il dolore di Georgie aleggiava nella stanza, infondendo il suo Iki'i con la stessa forza dei sedativi che scorrevano nel fluido rigenerante. Ma sentiva anche il titanio incrollabile della sua risolutezza. Lei avrebbe fatto ciò che Damma aveva preteso.

Rifiutarlo.

«Guaritore!» chiamò, sperando che la sua voce fosse abbastanza forte da arrivare nella stanza accanto. Doveva raggiungere Georgie e convincerla a restare, ma non riusciva nemmeno a configurare gli arti mentre era sotto l'effetto dei sedativi. Avrebbe potuto sopportare il dolore senza di essi, se era quello che doveva fare.

Si immerse sotto la superficie, il liquido verde che gli offuscava la vista. Non ricordava di essersi mai sentito così debole o frustrato. I Kirenai erano forti, quasi indistruttibili. Damma aveva ragione nel presumere che l'incidente non fosse destinato a fargli del male: era mirato a Georgie. Ma ciò significava che i Senburu avevano spie nel palazzo. In quale altro modo avrebbero potuto sapere che lei era qui e cosa significasse per lui?

Kuzara! E se ci riprovassero? E lui si trovava qui, intrappolato in un guscio rigenerante. Doveva trovare la forza di uscire. Lottando per ricomporsi, riemerse ancora una volta.

Un Qalqan dalle scaglie rosa era in piedi a guardarlo dall'alto. «Torni a dormire, mio principe.»

Arazhi faceva fatica a tenere gli occhi aperti, figuriamoci il viso sopra la superficie, ma riconobbe il guaritore come Elthos, il guaritore personale di suo padre. «Interrompa la sedazione. Devo uscire.»

«No.» Il secco rifiuto di Elthos fu spiazzante, ma la sua bocca senza labbra e i suoi occhi fessi rimasero indecifrabili come sempre.

Arazhi lottò per dare autorità alla sua voce, ma finì per biascicare: «In qualità di Vostro principe, glielo comando.» Il guaritore doveva obbedire a un ordine diretto. «Devo raggiungere la mia compagna immediatamente.»

«Temo di non poter permettere che accada.» Il muso scaglioso rosa si abbassò fino a pochi centimetri dal viso di Arazhi. «Voi mi siete sempre stato piuttosto simpatico, quindi cercherò di rendere il Vostro trapasso indolore. Ma la galassia deve venire prima di tutto.»

L'adrenalina attraversò Arazhi. Le parole del guaritore non avevano senso. *Elthos mi vuole morto?* Impossibile. Doveva aver capito male. Il Qalqan faceva parte della cerchia ristretta dell'imperatore. *Probabilmente intende solo che non può permettermi di legarmi a Georgie.* Avrebbe avuto senso che il guaritore fosse allineato con i suoi genitori... almeno su questo.

Usando ogni briciolo di energia che aveva, Arazhi ricompose la sua forma, cercando di ignorare il dolore lancinante nella sua matrice. «Elthos, si fermi. Mi ascolti.»

Elthos immerse una mano dalle scaglie rosa nel fluido rigenerante e spinse Arazhi sotto la superficie.

Un'ondata di qualcosa di fungino e amaro inondò la matrice cellulare di Arazhi. Sentì se stesso reagire, denaturarsi. *Veleno?*

Proprio come suo padre.

Tutto stava cominciando ad avere senso.

Lottò sotto la mano di Elthos, cercò di riformare il viso all'altra estremità della vasca per poter gridare, ma i sedativi erano stati aumentati. Era impotente.

Stava morendo.

Elthos aveva davvero intenzione di ucciderlo. Il

guaritore reale era stato con i Senburu per tutto questo tempo.

Mentre la respirazione di Arazhi rallentava e la sua mente svaniva, l'ultimo pensiero che ebbe prima che l'oscurità lo prendesse fu che almeno, con la sua morte, Georgie non sarebbe più stata un bersaglio.

CAPITOLO
DICIASSETTE

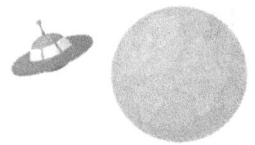

Georgie si affrettò a uscire dalla clinica, grata che il corridoio fosse vuoto mentre le lacrime le offuscavano la vista. Aveva finalmente trovato un uomo disposto ad amarla a ogni costo — anche a costo di un trono — e veniva costretta a rifiutarlo. Lasciarlo la faceva sentire peggio di quanto si fosse mai sentita prima. Le gambe le sembravano appesantite da pesi da dieci chili l'una, e non era sicura di quanto dipendesse dall'incidente e quanto dal dolore emotivo.

Riprenditi, Georgie. Entrò in una nicchia lungo il corridoio e si lasciò cadere su una panca di pietra. Alte finestre si affacciavano su un cortile buio e deserto. Le stelle brillavano tra gli alberi e il fiato le si mozzò di nuovo. Presto sarebbe tornata nello spazio, sulla Terra, il posto a cui apparteneva.

Poi si ricordò che l'ufficiale di sicurezza di Arazhi aveva detto che la Terra era chiusa ai viaggi interstellari durante le indagini. Persino Lora voleva che restasse lontana. Per quanto tempo sarebbe rimasta bloccata lì? E dove avrebbe vissuto nell'attesa? Forse nella comunità umana menzionata da Arazhi. *La comunità che probabilmente visiterà per trovare una nuova compagna.*

Si strofinò con rabbia le lacrime sulle guance. Altro che non credere all'amore a prima vista. Come aveva fatto il suo cuore a restare così invischiato nel suo? E perché lui doveva essere il maledetto principe dell'universo? Non sarebbe mai riuscita a sfuggire al suo volto; un principe alieno in cerca d'amore sarebbe finito sicuramente sui tabloid di ogni edicola, ora che il mondo sapeva che gli alieni esistevano davvero.

«Venga, umana», la fece sussultare una voce profonda alle sue spalle.

Voltandosi, vide una delle guardie del palazzo ferma all'ingresso della nicchia. La sua armatura grigia racchiudeva quello che sembrava un corpo Qalqan, ma con scaglie blu invece che rosa. Aveva visto molti

Kirenai con le sembianze di altre specie, ma era la prima volta che ne vedeva uno in forma di Qalqan. Poi si ricordò che uno dei guaritori aveva accennato al fatto che la squadra di sicurezza voleva parlarle. «È qui per l'incidente?»

«Sì.» Sebbene i suoi lineamenti rettiliani e placidi non mostrassero malizia, quel tipo le trasmetteva una strana sensazione di sospetto.

Scacciò quel pensiero. Stava cercando indizi su chi avesse causato l'incidente, quindi era ovvio che fosse sospettoso, persino nei suoi confronti. Alzandosi, cercò di calmare le sue emozioni in subbuglio. Almeno, una volta finito di rispondere alle loro domande, l'avrebbero portata dall'Imperatrice, così avrebbe potuto chiederle di essere rimandata a casa.

Fece un passo avanti verso di lui, lanciando un'occhiata su e giù per il corridoio deserto. Dov'era il compagno della guardia? Di solito non si muovevano in coppia?

Lui le strinse le lunghe dita artigliate attorno al braccio e la trascinò fuori dalla nicchia.

Una scarica di adrenalina la investì. Nessuno a parte Arazhi l'aveva toccata dal suo arrivo lì – persino gli esami con gli scanner dei guaritori erano avvenuti senza contatto. Le parole dell'Imperatrice le tornarono in mente: *L'incidente era mirato a te.*

Le si accapponò la pelle sulla nuca. E se quella guardia fosse in realtà un assassino?

Puntò i piedi, cercando di liberarsi dalla sua presa. «Devo vedere l'Imperatrice.»

«Non ora.» La sua presa si strinse, costringendola a continuare a camminare.

Deglutì, guardandosi intorno nel corridoio vuoto, non più grata per la privacy. «Dove mi sta portando?»

«All'harem, il posto che le spetta.»

Harem? Nessuno aveva mai menzionato un harem. Un brivido di terrore le corse lungo la schiena. Forse non era un assassino. Forse era qualcos'altro. Fino a che punto si sarebbe spinta l'Imperatrice per tenere Georgie lontana da suo figlio?

Georgie trotterellò accanto alla guardia, cercando di incrociare il suo sguardo mentre lui fissava dritto davanti a sé. «Non c'è bisogno che lo faccia. Ho detto ad Arazhi che non sarò la sua compagna.»

Il volto rettiliano senza labbra accanto a lei parve sorridere. Poi, proprio davanti ai suoi occhi, si distese in un sorriso reale mentre i lineamenti della guardia si riorganizzavano. Gli occhi si avvicinarono, il muso si trasformò in un naso e un mento, e dalla testa della guardia spuntarono orecchie e capelli. Era la prima volta che vedeva un Kirenai cambiare forma, e la sensazione fu stranamente intima per lei. *Perché sta cambiando?*

Senza mai rallentare il passo, lui si voltò a guardarla, un volto umano su un corpo Qalqan. «Forse preferirebbe che fossi io a riempire quel grembo.»

Il disgusto la travolse nello stesso istante della consapevolezza: non era stata l'Imperatrice a mandarlo. E non era lì per ucciderla. Quello era uno degli schiavisti da cui l'Imperatrice l'aveva messa in guardia. Quelli che volevano trasformare le umane in fattrici. *Si sono infiltrati nel palazzo.* Doveva scappare. Avvertire Arazhi. «Immagino che non l'abbia saputo», disse, cercando di sembrare sfacciata, «ma io sono sterile. Incompatibile, dicono i guaritori.»

La guardia si chinò più vicina, con un sorriso che le ricordava quello di uno scimpanzé. «Ho sentito proprio il contrario. Mi è stato detto che lei è speciale.»

Non sapeva cosa significasse, e non aveva alcun desiderio di scoprirlo. Grata che Lora avesse costretto lei e Maise a seguire quei corsi di autodifesa, ruotò verso di lui e spinse il palmo libero verso l'alto contro il suo naso.

La testa di lui scattò all'indietro. La presa sul suo bicipite si allentò.

Liberandosi con una torsione, roteò di nuovo e sferrò un calcio alle parti intime.

Lui si accasciò in avanti con un'imprecazione strozzata, apparentemente poco abituato alla sua nuova anatomia umana.

«Aiuto!» urlò mentre correva a perdifiato verso la clinica. La sua voce riecheggiò nel corridoio vuoto.

Le porte su entrambi i lati erano fatte di foglie di popotan color lavanda, ma non se ne aprì nemmeno una. Non si fermò a provarle. Le stanze dietro di esse potevano essere vuote, e non poteva permettersi di rallentare.

Continuò a correre, con il terrore che spingeva il suo corpo oltre il dolore residuo dell'incidente. Ansimando, raggiunse le doppie porte della clinica e vi fece irruzione.

Due guaritori la fissarono con espressioni indecifrabili mentre inciampava e cadeva, crollando in ginocchio sul pavimento di pietra.

Tutte e quattro le guardie estrassero le armi dalle cinture.

Indicò la porta aperta alle sue spalle, riuscendo a stento a pronunciare le parole tra i respiri affannosi. «C'è uno schiavista che mi insegue.»

Le due guardie più vicine all'uscita uscirono nel corridoio, mentre le due ferme alla porta della stanza di Arazhi allargarono la posizione, con le armi pronte.

Georgie non riusciva a riprendere fiato. La pelle le pizzicava e bruciava. E ogni cosa nella stanza sembrava troppo rumorosa e luminosa.

Un guaritore emerse dalla camera di Arazhi — Elthos, le sembrava si chiamasse. Lo riconobbe dalla piccola macchia scura che aveva sotto un occhio, e si ricordò che uno degli altri aveva detto che doveva essere una persona importante se il guaritore personale dell'imperatore la stava visitando. L'aveva fatta sentire a disagio durante gli scanner, ma non ci aveva dato peso — dopotutto, veniva esaminata da alieni. Ora le si erano rizzati tutti i peli del corpo.

C'era qualcosa che non andava.

Si alzò in piedi a fatica, piena di presentimenti. «Arazhi sta bene?»

Elthos lanciò un'occhiata alle guardie. «Perché lei è ancora qui?»

Una guardia indicò con l'arma verso l'uscita. «Ha detto che c'è qualcuno che la insegue.»

«Allora non dovreste andare a vedere?» Elthos incrociò le mani, come in attesa.

Le guardie si scambiarono un'occhiata, poi guardarono di nuovo Elthos. «Non possiamo lasciare il nostro posto per nessun motivo. Gli altri due stanno controllando adesso.»

Quella sensazione soffocante stava facendo vedere le stelle a Georgie, e sembrava provenire proprio dalla camera di Arazhi. Non riusciva a staccare gli occhi dal guaritore reale. Era appena stato lì dentro. «Non ha risposto alla mia domanda su Arazhi.»

«Non spetta a lei, umana», disse Elthos. «Ha già compromesso la sua guarigione una volta. Sono stato costretto ad aumentare i sedativi per contrastare tutta l'agitazione che ha causato.»

Se c'era una cosa che il suo lavoro da coordinatrice di eventi le aveva insegnato, era di controllare sempre i dettagli due volte. Indicò gli altri guaritori. «In qualità di sua compagna, voglio un secondo parere. Andate a controllarlo.»

«Le assicuro che sta bene.» Elthos rimase piantato al centro della porta.

«Mi perdoni, guaritore reale, ma forse le è sfuggito qualcosa», disse una delle guardie. «Ho percepito angoscia nel principe poco fa. Devo insistere affinché permetta ai suoi assistenti di controllare di nuovo.»

Elthos sollevò il mento e guardò le guardie dall'alto del suo muso. «L'imperatore ne verrà informato, e vi assicuro che non sarà affatto compiaciuto.»

Si diresse verso l'uscita mentre gli altri guaritori entravano nella stanza, afferrando lungo il tragitto uno strano strumento medico da un tavolo. Passò accanto a Georgie senza degnarla di uno sguardo.

Avrebbe voluto dire alle guardie di fermarlo, ma non aveva basi per la richiesta, e inoltre le servivano tutte le forze per restare in piedi.

Un forte rumore proveniente dalla camera di Arazhi fece girare Georgie, che si precipitò all'interno trovando i guaritori che armeggiavano freneticamente con tubi e cavi staccati. Entrambi erano inginocchiati su sgabelli fluttuanti, sospesi sopra il fluido verde che formava una pozzanghera sul pavimento. L'odore nauseabondo di fragole marce permeava l'aria.

Uno gridò: «Carica, ora.»

Un suono simile a quello di una trappola elettrica per insetti riempì la stanza, e la luce scaturì dalla vasca di Arazhi.

Georgie sussultò. «Cosa sta succedendo?»

«L'unità di ricircolo si è allentata. Si sta destabilizzando», disse uno senza voltarsi.

Afferrando lo stipite della porta, osservò impotente mentre lavoravano. Le sue sensazioni erano giuste — Arazhi era in pericolo. Stava morendo.

I guaritori discutevano sulla prossima mossa da fare, parlando troppo velocemente perché Georgie potesse capire. Tutto quello che sapeva era che aveva bisogno di vedere Arazhi. Connettersi con lui, anche solo visivamente.

Il fluido verde stava defluendo in uno scarico nel pavimento, così entrò nella stanza, facendo attenzione a non intralciare i guaritori. «Arazhi, sono qui» chiamò, sperando che potesse sentirla. «Sono io, Georgie. Per favore, svegliati.»

Come un uomo in una bara, Arazhi giaceva con gli occhi chiusi e le braccia lungo i fianchi del corpo. Era completamente nudo, ma pienamente formato, un essere umano blu. Non avrebbe avuto un aspetto umano se fosse stato morto… giusto?

«Dobbiamo provare l'antitossina, presto», disse uno dei guaritori.

Il secondo guaritore prese quello che sembrava un ago grande quanto una cannuccia. Senza quasi esitare, conficcò la punta dritta nel petto di Arazhi.

Georgie sussultò, sentendo il proprio cuore stringersi come se fosse stata lei a essere pugnalata.

Il corpo di Arazhi si inarcò. Il petto si sollevò convulsamente. Della schiuma verde gli uscì dalla bocca.

«Arazhi!» gridò lei, presa dal panico. *Non morire.*

I guaritori le coprivano gran parte della visuale, ma tra le loro spalle, Georgie credette di vedere le palpebre di Arazhi tremare. Le sue mani si sollevarono e afferrarono i bordi della vasca. «Fermatelo», gemette.

Maledizione. Si era dimenticata completamente di Elthos. Georgie chiamò le guardie: «Arrestate il guaritore reale. Per ordine del principe.»

Non aspettò di vedere se avessero obbedito. Arazhi era vivo. I guaritori si erano fatti da parte, così si affrettò in avanti per prendergli la mano. «Stai bene?»

«Vivrò.» Sorrise, anche se lei vedeva quanto sforzo gli costasse. «Ma promettimi che non mi lascerai più.»

Le gambe le tremavano per il sollievo. «Sono proprio qui.»

Ma anche mentre lo diceva, le faceva male il cuore. Questo non cambiava ciò che doveva fare. Alterava solo la sua tabella di marcia. Non poteva essere la sua compagna, ma poteva almeno restare al suo fianco finché non si fosse ripreso.

CAPITOLO
DICIOTTO

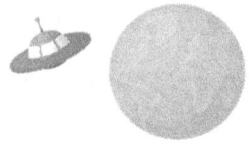

Arazhi insistette per tornare nei propri alloggi, rifiutandosi di rilassarsi nel suo stato di riposo mentre i guaritori si occupavano della sua guarigione. Non voleva più togliere gli occhi di dosso a Georgie, specialmente dopo che lei gli aveva parlato dello schiavista nel corridoio. I giorni in cui era pedinato da una singola guardia appartenevano ormai al passato — senza contare che il suo ufficiale di sicurezza più fidato, Zhiruto, era ancora sulla Terra.

Era passata quasi una settimana dall'incidente ed Elthos era riuscito finora a sfuggire alla cattura. Arazhi aveva supervisionato l'indagine a palazzo, cercando di determinare quanto fosse profonda l'infiltrazione dei Senburu. Aveva scelto alcuni membri chiave del personale che non solo stavano indagando l'uno sull'altro, ma anche su ogni guardia di palazzo, guaritore, servitore vincolato e dignitario che avesse avuto accesso al complesso.

«Non lasciate nulla d'intentato», erano state le parole di Georgie, e per una volta il suo modo di dire aveva perfettamente senso.

La osservava ora da dove sedeva appoggiato sul letto. Lei dondolava avanti e indietro sulla sedia sospesa che prediligeva per leggere, i piedi nudi rannicchiati accanto a sé, i capelli chiari che catturavano i raggi del sole pomeridiano che filtravano dalla finestra. Avrebbe voluto inginocchiarsi davanti a lei e baciare una a una le sue adorabili dita dei piedi rosa. Ma lei lo aveva tenuto a distanza, gravitandogli intorno come un satellite che non atterrava mai.

Sebbene la sua matrice diventasse ogni giorno più forte, richiedendo meno sforzo per mantenere la sua forma umana, non l'aveva ammesso con nessuno. Sapeva che Georgie intendeva andarsene non appena lui fosse guarito. Sentiva l'orologio ticchettare e sapeva che la verità sarebbe dovuta venire a galla presto.

All'improvviso, Georgie sussultò e alzò lo sguardo dal data-pad con occhi brillanti. Stava scorrendo gli aggiornamenti mattutini della sua nuova squadra di sicurezza. «Dicono che tuo padre sia riuscito a parlare con loro stamattina.»

Come sospettato, Elthos era anche dietro la malattia di suo padre, o almeno dietro il suo continuo declino. Con il pretesto di evitare che le condizioni dell'imperatore diventassero pubbliche, aveva insistito per essere l'unico guaritore a curarlo. Nel frattempo, aveva continuato a somministrargli il veleno.

Arazhi picchiettò sul materasso accanto a sé. «Vieni a sederti vicino a me, così posso leggere anch'io.»

Lei inarcò un sopracciglio. «Non ha funzionato ieri e non funzionerà oggi, Sneaky Pete. Non verrò nel tuo letto.»

Spingendosi in avanti, lui sorrise, assicurandosi che la sua fossetta fosse visibile e godendosi l'ondata della sua attrazione che inondava il suo Iki'i. «Voi umani non avete un modo di dire sulla guarigione sessuale, o qualcosa del genere?»

Lei rise. «Non è un modo di dire. È una vecchia canzone degli anni Ottanta.»

«Fa lo stesso. Morirò se non riesco a toccarti. Non costringermi ad alzarmi e venire fin lì.» Sebbene fosse rimasta nelle sue stanze, aveva dormito su un divano. Si rifiutava di farsi toccare, figuriamoci di venire nel suo letto. Capiva la sua riluttanza a condividerlo con una surrogata — trovava l'idea altrettanto sgradevole. Tutto quello che poteva fare, al momento, era sperare in un miracolo che permettesse loro di stare insieme.

Alzandosi, lei si spostò sulla sedia accanto al suo letto. La sua momentanea euforia per averla vicina svanì quando lei la allontanò appena fuori dalla sua portata prima di sedersi. «Arazhi, resterò qui finché non starai bene, ma non posso toccarti. Devi generare un erede.» La sua voce si fece roca. «E poiché deve accadere con qualcun'altra, preferisco dare un taglio netto prima piuttosto che dopo.»

«Ma ora che mio padre sta bene, i miei genitori potrebbero avere un altro figlio.» Era improbabile, ma era disposto a sperare in qualunque cosa. «Non devo per forza essere l'unico in linea di successione per diventare imperatore.»

Lei scosse la testa, un sorriso triste che le sfiorava le labbra. «Hai detto che i bambini sono rari tra i Kirenai, che la maggior parte delle coppie è fortunata ad averne solo uno. Quali sono le probabilità che ne abbiano un altro?»

Una voce rauca dalla porta dietro Georgie rispose prima che potesse farlo lui: «Possibile, ma non probabile.»

Qantina, il nuovo capo della clinica, era in piedi sulla soglia con uno scanner in una mano e una fiala nell'altra. Deshel era accanto a lui, inchinandosi profondamente mentre un senso di scusa fluiva verso l'Iki'i di Arazhi. «Ci perdoni, Principe Arazhi», disse Deshel. «Non mi ero reso conto che lei e la sua compagna foste occupati. Posso dire ai guaritori di tornare...»

«No, va bene.» Arazhi aggrottò la fronte. «È già ora della mia terapia?»

«Siamo preoccupati per la sua lenta guarigione e abbiamo un nuovo trattamento che dovrebbe aiutare a fortificare la sua matrice più rapidamente.» Qantina fece un passo avanti. «Ma prima, non ho potuto fare a meno di sentire che lei e la sua compagna non vi siete ancora legati. Questa è una notizia rassicurante.»

Georgie rivolse un sorriso tirato ad Arazhi e si alzò. «Visto?»

Qantina inclinò la testa verso di lei. «Credo che l'abbiano informata male riguardo alla vostra compatibilità.»

Arazhi si raddrizzò a sedere. «Cosa vuole dire?»

«Le nostre scansioni hanno rivelato marcatori kirenai nel DNA di Georgie.»

Il volto di Georgie impallidì visibilmente. «Marcatori nel mio DNA? Cosa vuol dire?»

Ad Arazhi non piaceva la piega che stava prendendo la conversazione; i Kirenai lasciavano un marcatore in una femmina quando formavano un legame di coppia con lei. «Impossibile. Sicuramente avrei sentito se fosse stata già accoppiata.»

«Non è legata.» Il guaritore appoggiò le fiale sul comodino. «Suo padre è kirenai.»

Un silenzio scioccato riempì la stanza.

Poi Georgie fece un passo indietro, scuotendo la testa. «Cosa? No! Mio padre è… papà. È umano quanto me.»

Qantina fece un leggero inchino. «Con tutto il rispetto, il DNA non mente.»

Il volto di Georgie divenne spettrale, e non serviva nemmeno il suo Iki'i per percepire il suo sgomento. «Vuole dire che è vero? Per tutto questo tempo...»

Preoccupato che potesse svenire, Arazhi scostò le coperte e scattò al suo fianco. «Cos'è vero?»

Lei gli afferrò il braccio, apparentemente grata per il sostegno. «Mamma disse di essere stata rapita dagli alieni subito dopo la prima partenza di papà per la missione. Tutti pensarono che fosse solo una sua scenata perché lui tornasse a casa.» Incontrò il suo sguardo. «È successo circa nove mesi prima che nascessi.»

La Terra avrebbe dovuto essere interdetta; quindi Arazhi non aveva mai considerato che lei potesse avere una discendenza Kirenai. *Gli schiavisti devono aver messo incinta sua madre e poi l'hanno riportata sulla Terra, una volta capito che portava in grembo una figlia.* La consapevolezza lo fece fremere di rabbia. Ma completava anche il puzzle sul perché Georgie avesse difficoltà a concepire; aveva bisogno di formare prima un legame di coppia — con un maschio kirenai.

Lo shock rese l'aria come ovattata mentre Georgie crollava su una sedia. La sua voce tremò mentre chiedeva: «Ma se sono per metà kirenai, perché non sono blu?»

Qantina rispose: «I tratti kirenai sono contenuti quasi interamente in quello che voi umani chiamate cromosoma Y. Solo il potere empatico kirenai è talvolta presente nella progenie femminile.»

Arazhi annuì. La sua persistente sensazione che Georgie avesse compreso le sue emozioni aveva senso se lei possedeva una traccia dell'Iki'i. «Questa è una buona notizia, kikajiru.» Si inginocchiò per prenderle la mano. «Non significa solo che possiamo avere figli, ma che siamo più compatibili di quanto entrambi avessimo mai immaginato.»

Gli occhi di Georgie si spalancarono. «In che modo?»

«Le femmine kirenai hanno bisogno di un legame di coppia per concepire, ma se trovano un compagno adatto, spesso hanno più di un figlio.»

Il suo Iki'i provò un momento di vertigine, poi lei rivolse l'attenzione verso Qantina. «Quindi, fammi capire bene. Non sono stata in grado di avere un bambino perché il mio DNA kirenai richiede prima che io sia legata a un compagno kirenai?»

«Corretto», disse Qantina.

«Se io e Arazhi ci leghiamo, potrò rimanere incinta?»

« Considerando la metà umana del tuo DNA, ipotizzo che concepirai quasi subito.»

Georgie inspirò profondamente e strinse la mano di Arazhi.

Qantina aggiunse: «Una volta che il principe si sarà adeguatamente ripreso, naturalmente.»

Arazhi avrebbe potuto giurare di percepire un malizioso divertimento provenire dal Qalqan, come se il guaritore avesse sospettato il suo miglioramento fin dall'inizio. Alzandosi, indicò la porta. «Vi ringrazio per la visita. Ora, per favore, lasciateci soli.»

I guaritori si inchinarono mentre uscivano.

Georgie si accigliò, guardandolo dal suo posto. «Non dovresti stare fuori dal letto.»

Aiutandola ad alzarsi, la guidò all'indietro verso il materasso. «Nemmeno tu, kikajiru.»

Lei si sedette sul letto e cedette alla sua mano che la premeva contro i cuscini. «Hai finto di stare male per tenermi qui, vero?»

Le sue parole contenevano solo un lieve rimprovero; gran parte del suo Iki'i era saturo dell'euforia dell'amore. «Ero debilitato dal mal d'amore.» Sdraiandosi accanto a lei, le accarezzò la guancia, guardandola profondamente negli occhi. «Solo tu puoi curarmi.»

Lei sorrise e si protese per baciarlo; la morbidezza delle sue labbra accese rapidamente la sua passione. Fece scivolare le dita tra i suoi capelli, godendosi il calore del corpo di lei contro il proprio.

Quando finalmente si fermò per riprendere fiato, lei chiese: «Stai abbastanza bene per questo?»

«Non voglio aspettare un altro secondo per farti mia. Ma c'è un problema.»

La preoccupazione balenò in lei. «Cosa?»

«Non hai ancora accettato di sposarmi.»

Lei rise, gioia pura che emanava da lei come raggi di sole dopo un lungo inverno. «Certo che lo farò, Arazhi. Voglio che stiamo insieme per sempre.»

Lui ricambiò il sorriso. «Allora facciamo in modo che sia così.»

Inspirando il suo dolce profumo, la baciò di nuovo, muovendosi lungo la mascella e giù per la gola mentre apriva il davanti della sua tunica.

Le mani di lei artigliarono la camicia da notte che indossava — aveva scoperto che indossare abiti umani era molto più facile che simularli — e gliela sfilarono dalla testa. In pochi istanti, furono entrambi nudi. Il suo membro pulsava per il bisogno di riempirla, ma non voleva affrettare questo momento. Voleva che il loro legame fosse un ricordo da serbare. Si sollevò sulle ginocchia per guardare il suo corpo nudo. «Sei così deliziosa.»

Lei allargò le ginocchia e lo attirò a sé con entrambe le mani. «Ti voglio.»

«A tempo debito, kikajiru.» Si chinò e le succhiò un capezzolo.

La sua schiena si inarcò per andargli incontro, il bocciolo si indurì sotto la sua lingua. Amava quanto lei fosse reattiva, i piccoli mugolii di piacere che le sfuggivano dalla gola. La sua eccitazione era come una droga che si infiltrava nel suo Iki'i, facendogli battere forte il cuore e infiammandogli il sangue.

Lei gli conficcò le dita nei capelli, ansimando mentre lui succhiava con forza prima di passare all'altro seno. Avvolse entrambe le gambe intorno al sedere di lui, cercando di attirare i suoi fianchi verso i propri.

Lui resistette, scendendo più in basso, sfiorando leggermente con la barba le sue costole, baciandola lungo la pancia. La sua pelle era così liscia e morbida che voleva assaggiare ogni centimetro.

Quando scese fino all'apice delle sue cosce, lei ebbe un leggero sussulto contro i suoi capelli. «Non c'è bisogno di...»

Lui fece scivolare la lingua tra le sue piccole labbra.

«Oh!» gemette lei, con i fianchi che si flettevano.

Il suo sapore dolce e muschiato lo inebriò, come rugiada mattutina sulle fronde di happa, e lui fece pulsare la lingua dentro e fuori di lei, rispondendo al suo desiderio. Giocherellò con il piccolo fascio di nervi in cima alla sua fessura mentre lei tremava, poi si aprì come un fiore alla sua carezza, le cosce spalancate sotto la delicata pressione dei suoi palmi.

Scivolando nella sua umidità, ancora e ancora, leccò i suoi succhi finché i fianchi di lei non iniziarono a sobbalzare e le sue cosce a tremare. Era vicina all'apice, e lui fece scivolare un dito all'interno, spingendo dentro e fuori, mentre la sua lingua non interrompeva mai il ritmo contro il suo clitoride. Le pareti interne di lei si strinsero attorno al suo dito, pulsando mentre lei gridava il suo piacere. Continuò a spingere e ad accarezzarla con la lingua mentre cavalcava l'orgasmo. Infine, i suoi fianchi ricaddero sul materasso.

Mentre lei giaceva cercando di riprendere fiato, lui salì per coprirla con il proprio corpo. Le strofinò il naso nell'incavo del collo, con il membro duro come la roccia che pulsava contro la sua apertura.

Lei gli gettò le braccia al collo, accarezzandogli la schiena su e giù. «Ti voglio. Voglio tutto di te.»

Non gli servì altro incoraggiamento. Il suo membro penetrò in lei con un colpo deciso. Il suo calore umido era squisito e minacciava di fargli perdere il controllo. Si ritrasse, poi strofinò di nuovo contro di lei, con le appendici, appena sopra l'asta, che avvolgevano il suo clitoride mentre la riempiva.

Lei gemette, e la sua vagina pulsò con un altro orgasmo, spingendolo fino all'orlo dell'estasi. La baciò di nuovo, assaporando le sue labbra, accarezzandole il seno, spingendo dentro di lei finché i loro fianchi non furono bagnati dai fluidi.

«Voglio rivendicarti ora, kikajiru. Sei pronta?»

Respirando a fatica, lei aprì gli occhi. «Il legame?»

«Sì.»

Lei annuì, con l'eccitazione che le riempiva lo sguardo. «Fammi tua.»

Non aveva mai sentito parole più dolci. Con il membro primario sepolto nel profondo del suo calore, irrigidì l'asta per l'accoppiamento e stimolò la sua apertura posteriore.

Lei sussultò, con le dita che si conficcavano nella schiena di lui mentre lui entrava lentamente nella sua strettezza. Non aveva mai usato la sua asta per l'accoppiamento prima d'ora, non ne aveva mai sentito il bisogno con nessuno tranne che con Georgie. Era così che le avrebbe trasferito il marcatore che l'avrebbe resa sua per sempre. Interruppe le spinte, cercando di mantenere il controllo mentre la nuova stimolazione portava il suo desiderio a nuove vette.

«Non fermarti», riuscì a dire Georgie con voce soffocata, inclinando i fianchi contro di lui.

Dovette stringere i denti per non venire proprio in quel momento, ma spinse avanti, seppellendo entrambe le aste dentro di lei.

Poi iniziò a pompare, muovendosi dentro e fuori, possedendola contemporaneamente davanti e dietro. Le afferrò i polsi e li fissò sopra la testa, guardando dritto nei suoi occhi carichi di lussuria. Non si era mai sentito così connesso a un altro essere come in quel momento.

Gli occhi di Georgie si serrarono mentre emetteva un suono gorgogliante che salì lentamente fino a diventare un urlo. La sua schiena si inarcò, e l'ondata del suo piacere colpì il suo Iki'i come uno tsunami.

Incapace di fermarsi, affondò entrambe le aste più a fondo che poteva. La sua asta per l'accoppiamento eiaculò insieme alla sua asta primaria, travolgendolo in una beatitudine che non aveva mai immaginato possibile. La stanza sembrò girare, e lui si bilanciò sui gomiti sopra di lei, respirando forte finché il suo cuore non riprese un ritmo normale.

Gli occhi di Georgie si aprirono, tremanti, le guance arrossate e un velo di sudore che brillava lungo l'attaccatura dei capelli. «È stato... è stato incredibile.»

Lui le scostò una ciocca di capelli dagli occhi e, con il cuore colmo di gioia, sorrise. «Lo è stato, mia compagna. Ora sei mia per sempre.»

Lei gli accarezzò la guancia, tracciando un dito sulla fossetta. «Bene. Perché ti amo, Arazhi.»

Lui rise. «Allora… pronta a pianificare un matrimonio reale?»

La gioia con cui lei rispose fu abbastanza grande da illuminare l'intera stanza. «Sì!»

EPILOGO

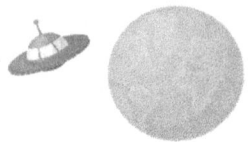

Georgie non aveva mai immaginato di dover pianificare un matrimonio alieno, tanto meno il proprio matrimonio reale alieno. L'evento era l'esatto opposto dell'intimità del legame di coppia tra lei e Arazhi, e l'anfiteatro che aveva scelto per l'occasione era gremito; almeno cinquantamila ospiti sedevano sotto un'enorme cupola di rampicanti intrecciati che offriva una parziale ombra dal penetrante sole di Kirenai. Fiori pendevano da ghirlande sospese, catturando la luce screziata e riempiendo l'aria di una fragranza dolce e delicata. Altri fiori adornavano ogni corridoio.

Fissò nervosamente l'estremità del tunnel che immetteva nell'anfiteatro, dove suo padre era in attesa di segnalare ai musicisti l'inizio del corteo. Appariva dignitoso nel suo smoking di seta, con i capelli brizzolati tagliati in una frangia ordinata attorno al capo calvo. Non gli aveva detto la verità sul proprio DNA, dato che non aveva molta importanza. Papà era l'unico padre che avesse mai conosciuto, e quel pezzo di merda di uno schiavista che aveva rapito sua madre non meritava di essere collegato alla famiglia reale in alcun modo. Qantina aveva indagato su chi potesse essere il suo genitore biologico, ma sembrava che Elthos avesse manomesso il database genetico di Kirenai prima di andarsene, probabilmente per nascondere eventuali sostenitori dei Senburu.

Accanto a lei nel corridoio, Lora stringeva il bouquet da sposa di Georgie, una splendida cascata di fiori viola e magenta intervallati da perle. L'abito da damigella di Lora era di una tonalità coordinata di magenta, e i suoi capelli ramati erano raccolti e decorati con gli stessi fiori. «Ripensamenti?»

«Niente affatto. Solo un po' di imbarazzo per quante persone ci stanno guardando.» Georgie passò una mano sulla parte anteriore del vestito. I guaritori avevano confermato la gravidanza quasi un mese prima, ma per fortuna la pancia non si vedeva ancora. Era felicissima di essere incinta, ma Kirenai Prime era calda anche senza la luce diretta del sole, e avanzare goffamente lungo la navata sarebbe stato quantomeno scomodo. L'abito che indossava ora era sottile come un velo, morbido e quasi trasparente mentre modellava il busto per poi scendere in onde lungo i fianchi e le cosce. Milioni di perle erano state fissate alla superficie usando una sorta di tecnologia aliena per evitare che appesantissero il tessuto. Si sentiva una vera principessa interstellare.

Arazhi era rimasto perplesso quando l'aveva scelto. «Vuoi un vestito rotolato nei ciottoli?»

Lei aveva quasi riconsiderato la scelta — i cortili del palazzo erano letteralmente pavimentati di perle — ma l'abito era così splendido... «Le perle sono decorazioni tradizionali per gli abiti da sposa sulla Terra.»

Lui aveva fatto spallucce. «Tutto quello che il tuo cuore desidera. Sei squisita con qualunque cosa tu scelga di indossare.»

Ora sorrise alla sua amica. «Sono pronta», disse.

Lora la guardò negli occhi come per verificare, poi s'incamminò lungo il corridoio, passò davanti al padre di Georgie ed entrò nell'anfiteatro. Un forte mormorio si levò tra la folla quando apparve, per poi spegnersi quando si resero conto che non era la loro nuova principessa.

Georgie non riusciva ancora a capacitarsi del suo nuovo titolo. Come faceva una coordinatrice di eventi che cercava di avviare la propria attività a gestire il fatto di essere diventata non solo una principessa, ma anche la rappresentante galattica dell'intera razza umana?

Avanzando, Georgie si fermò accanto a suo padre.

Lui le offrì il braccio, pronto ad accompagnarla all'altare. «Sei sicura di questo, Insettino?»

Quel nomignolo la fece sorridere, mentre le lacrime le pungevano gli occhi. «Più di ogni altra cosa.» Prese un respiro profondo, desiderando che sua madre potesse essere lì a vederla, mentre la musica passava alla marcia nuziale. «Andiamo.»

Insieme, uscirono sotto la cupola; il suo velo di perle ondeggiava intorno a lei in una cascata che catturava i raggi screziati del sole. Un sospiro collettivo del pubblico sovrastò la musica per un momento, ma Georgie si concentrò sul percorso davanti a lei. Un tappeto viola ricopriva il pavimento dell'anfiteatro verso il basso podio dove Arazhi l'attendeva, indossando l'abito tradizionale di Vatosang, il mondo natale dell'Imperatrice Vella. Georgie stava cercando di costruire un rapporto con sua madre, nonostante quanto l'Imperatrice fosse stata terribile; passare i prossimi secoli con una suocera che la odiava non sarebbe stato piacevole.

Arazhi sembrava strano, ma molto affascinante nel suo gilet lungo fino al polpaccio, color oro brunito, con una spallina rialzata sulla spalla sinistra. Il gilet cadeva più lungo sul retro che sul davanti, rivelando pantaloni neri aderenti con profili dorati lungo la piega anteriore, ed era stretto in vita da una fascia nera con disegni a gallone dorati. Sulla testa portava una piccola corona di diamanti intrecciati che scintillavano a ogni movimento, coordinati con bracciali ai polsi e una spolverata di diamanti lungo la spallina.

Accanto a lui stava il suo testimone, Zhiruto, che indossava uno smoking terrestre, con i lunghi capelli blu raccolti in uno chignon sulla sommità del capo. Era la prima volta che vedeva l'ufficiale della sicurezza di Arazhi completamente vestito da quando lei era arrivata su Kirenai Prime. Lanciò un'occhiata a Lora, anche lei in attesa sul podio. Come aveva sospettato, Lora non guardava nemmeno nella sua direzione: era concentrata su Zhiruto. Georgie percepiva una strana vibrazione da parte loro ogni volta che stavano insieme. Per la maggior parte del tempo si comportavano come se si odiassero, ma poi Georgie coglieva la sua amica a scambiare sguardi furtivi carichi di nostalgia.

«Ha fatto qualcosa di male?» aveva chiesto Georgie poco dopo l'arrivo della sua amica. Sapeva che Lora e Zhiruto avevano lavorato insieme cercando di rintracciare l'assassino sulla Terra.

Lora aveva distolto lo sguardo, ma non prima che Georgie cogliesse il lampo di dolore negli occhi dell'amica. «Non posso ancora parlarne.»

Georgie odiava pensare che il migliore amico di Arazhi potesse aver fatto qualcosa di terribile. Ancor di più, odiava vedere la sua amica in quello stato. «Posso chiedere ad Arazhi di sollevarlo dall'incarico.»

«No!» Lora aveva scosso la testa con enfasi e le aveva afferrato la mano. «Ti prego, non dire nulla al principe. È tutta colpa mia.»

«Cosa hai fatto?»

«È complicato.» Lora aveva serrato le labbra, e Georgie capiva che voleva dire di più, ma qualcosa la tratteneva. «Ti prometto che un giorno te lo racconterò, va bene?»

Tutto quello che Georgie aveva potuto fare era stato annuire e continuare a coordinare i piani per il matrimonio.

Ora salì sul podio mentre Arazhi faceva un profondo inchino a suo padre e le prendeva la mano. Lui incontrò i suoi occhi con un sorriso che le faceva venire le fossette e sussultare il cuore, non importava quante volte lo avesse già visto, e mormorò: «Sei magnifica, *kikajiru*.»

Ancora stupita dal fatto che lui la amasse, lasciò che la propria adorazione fluisse verso di lui come un raggio di luce. «Sono così felice.»

Il celebrante si schiarì la voce e snocciolò rapidamente il discorso d'apertura. L'intera cerimonia passò come un soffio, e poco dopo le labbra di Arazhi reclamarono le sue mentre il terreno tremava sotto di loro per la forza del boato della folla.

Una pioggia di migliaia di palloncini leggermente luminosi cadde intorno a loro come fiocchi di neve, e Arazhi la scortò verso l'uscita, dove attendeva un convoglio di carrozze. Si sistemarono sul morbido sedile della carrozza mentre Zhiruto e Lora salivano dietro di loro, occupando il sedile di fronte; Arazhi non andava più da nessuna parte senza il suo ufficiale di sicurezza, e Lora sembrava aver assunto il ruolo di guardia del corpo di Georgie.

«Non vedo l'ora di restare solo con te.» Arazhi cinse le spalle di Georgie con un braccio e la trasse a sé, strofinando il naso contro la sua tempia e baciandole leggermente l'orecchio. «Le cose che ho intenzione di farti...»

Lei sorrise, con il cuore colmo di gioia, e si appoggiò a lui, con una mano sulla sua coscia muscolosa, mentre lanciava un'occhiata imbarazzata verso i loro compagni. Peccato che Zhiruto e Lora non stessero prestando la minima attenzione ai loro protetti.

Zhiruto e Lora si stavano baciando.

Cara Lettrice,

Ti è piaciuta questa nuova specie di mutaforma? Ho adorato creare i Kirenai e il loro pianeta. Troverai altri bollenti ed esilaranti incidenti alieni nel prossimo libro, *Legata a un alieno*, dove scopriremo come Lora conquisterà il suo grande alieno blu. Gira pagina per un'anteprima o tocca la copertina qui sotto per acquistarlo subito.

Niente dice 'primo appuntamento disastroso' come un omicidio alieno.

Ci vediamo nel prossimo libro!

XOXO, Tamsin

ESTRATTO DA "LEGATA A UN ALIENO"

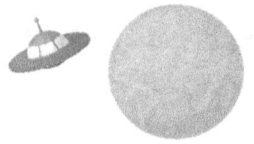

Capitolo 1

Lora versò due bicchieri di champagne e ne offrì uno all'uomo dalla pelle blu seduto di fronte a lei al tavolo. Le stelle brillavano sopra le loro teste e alcune coppie ballavano davanti al palco dove suonava una band dal vivo. Doveva dare atto a Georgie: l'asta di beneficenza aliena era stata finora un successo, raccogliendo più fondi per il rifugio per animali di tutte le precedenti messe insieme. Doveva anche ammettere che la sua preoccupazione di finire a un appuntamento con un alieno dagli occhi enormi e sei tentacoli proveniente dall'Area 51 era stata infondata.

Ogni alieno all'asta era decisamente delizioso — ammesso che fossero davvero alieni. Aveva ancora i suoi dubbi, nonostante la loro pelle blu sembrasse incredibilmente realistica.

Si diceva che degli extraterrestri fossero atterrati a Pechino diversi decenni prima. Si erano messi in mostra davanti alle telecamere, avevano parlato con alcuni dignitari e poi erano svaniti senza lasciare traccia. La maggior parte della gente credeva che la visita fosse stata una bufala, ma l'amica di Lora, Georgie, insisteva che questa faccenda dell'Agenzia di Incontri Intergalattica fosse autentica. D'altronde, la madre di Georgie raccontava spesso storie su presunti rapimenti alieni. *Poco importa.* Lora era disposta a stare al gioco del cosplay pur di raccogliere soldi per il rifugio.

Il suo accompagnatore indossava un abito blu navy e sembrava un membro palestrato del Blue Man Group, con tanto di testa calva. Tuttavia, il suo stoico silenzio le trasmetteva un'aria un po' inquietante.

«Allora, è già stato sulla Terra prima d'ora?» domandò, cercando di intavolare una conversazione. Spinse uno dei flûte di champagne verso di lui, stringendo il guinzaglio di Pepper attorno alla mano libera. Si pentì di aver portato con sé quella dinoccolata Redbone Coonhound; il tipo sembrava non riuscire a staccare gli occhi dal cane.

Lui rivolse lo sguardo su di lei, i suoi occhi erano di un nero assoluto a cui era difficile abituarsi. «No.»

Un urlo lancinante scoppiò a un tavolo dietro di lei.

Quasi nello stesso istante, il corpo del suo accompagnatore sembrò sussultare. Non come qualcuno colto da un brivido o affetto da una paralisi: lui *tremò* letteralmente, come se il suo corpo fosse fatto di gelatina. Poi collassò su se stesso, riducendosi a un ammasso di melma blu scintillante sulla sedia.

Lora rimase a bocca aperta, poi si alzò in piedi per scostare l'orlo del suo abito da sera cremisi dal fango gelatinoso che scivolava dal sedile verso di lei. *Oh neanche per sogno*. Georgie aveva promesso che non ci sarebbe stata melma.

Il suo cavaliere — o quello che ne restava — atterrò sull'erba con un tonfo.

Altre grida provenivano dagli altri tavoli e lei si guardò intorno, con il cuore che le batteva forte e veloce. Ovunque si girasse, gli alieni dalla pelle blu si stavano sciogliendo. Un barboncino bianco sfrecciò via, trascinando il guinzaglio. Una donna lo rincorse gridando: «Devono avere dei raggi della morte!»

La maggior parte degli ospiti alieni somigliava a umani blu, ma due alieni grigi con corna e ali erano appollaiati sul palco a diversi metri di distanza. Improvvisamente uno di loro volò verso l'alto — volò sul serio! — e colpì qualcosa nel cielo.

Lora rimase sbalordita, ogni dubbio sul fatto che fossero veri alieni svanì all'istante.

Un drone si schiantò al suolo a pochi metri di distanza. Una piccola luce rossa lampeggiava dalla parte inferiore e le lettere su uno dei bracci del rotore formavano la scritta "Mini2". *Quello non è un raggio della morte.* Solo qualche dilettante che cercava di riprendere la serata. E decisamente non era la causa delle disgregazioni. Quindi chi li stava attaccando e da dove?

Fece un giro completo su se stessa, cercando un cecchino mentre tirava fuori il cellulare che aveva infilato nel corpetto del vestito. Sapeva che non avrebbe dovuto ascoltare Georgie quando insisteva che un'uniforme della polizia non si adattasse al tema per i partecipanti all'asta. Cercando di impedire alla sua cagnolina curiosa di affondare il muso nella melma aliena, chiamò la centrale.

Una voce registrata disse: «Tutte le linee sono occupate. Si prega di riprovare più tardi.»

«Cazzo.» Infilò di nuovo il telefono nel corpetto e guardò le donne in abito da sera inciampare su sedie rovesciate, animali domestici e l'una sull'altra nella foga di scappare.

Svettando ben al di sopra della folla, un paio di ampie spalle blu e una chioma fluente color blu navy si muovevano verso la fontana del parco. Sembrava essere l'unico alieno blu sopravvissuto alla festa. Era lui il responsabile dell'attacco o cercava di sfuggirvi?

Imprecando in silenzio contro i suoi tacchi da dodici centimetri, lo seguì, districandosi tra i tavoli abbandonati. Pepper voleva fermarsi ad annusare ogni sedia caduta e ogni tovagliolo scartato, e lei fu costretta a dare uno strattone al guinzaglio per farsi ubbidire. «Pepper, al piede, o giuro che...»

In alto, apparvero due elicotteri; i faretti perlustravano i tavoli mentre scendevano verso il prato dietro il palco. Qualcuno doveva aver avvisato le autorità. Ma il suo intuito le diceva che c'era qualcosa di strano in quell'alieno blu che aveva visto fuggire.

Affrettò il passo lungo il sentiero verso la fontana, seguendo la fila di luci appese tra i pali per rendere la serata più romantica. La povera Georgie doveva essere fuori di sé per quello che stava succedendo al suo evento principale.

Pepper avvistò un cane sciolto e scartò dal sentiero, cercando di trascinare Lora con sé. Lora l'aveva iscritta a una scuola di addestramento e la stava istruendo per seguire le tracce, ma la cagnolina era testarda oltre ogni dire. «Dannazione, non ora» digrignò i denti Lora, mantenendo una presa salda sul guinzaglio.

Alzò di nuovo lo sguardo e trovò l'alieno blu che camminava verso di lei. Era alto, torreggiava su di lei nonostante l'altezza che le davano i tacchi. Rendendosi conto improvvisamente di non avere armi né manette, nemmeno una radio per chiamare rinforzi, alzò un palmo. «Dipartimento di Polizia di Springfield. Fermo.»

Lui si fermò a pochi passi di distanza. Il suo torace muscoloso era nudo, i fianchi stretti erano coperti da jeans blu e una leggera barba incolta gli copriva la mascella.

La bocca le si inaridì. Non riusciva a capire dove fossero diretti i suoi occhi completamente neri ma, nonostante il caos intorno a loro, aveva l'impressione che lui la stesse spogliando con lo sguardo. Una curiosità spontanea su come si sarebbe sentita quella barba sulla pelle tenera delle sue cosce la pervase. *Momento sbagliato, uomo sbagliato, Lora.* Ma maledizione, era l'uomo più sexy — alieno o meno — su cui avesse mai posato gli occhi.

Curiosa come sempre, Pepper scattò ava nti per salutare lo sconosciuto.

L'improvviso cambio di traiettoria fece inciampare Lora, che si storse una caviglia sui tacchi. Il guinzaglio le scivolò di mano e lei cadde in avanti, protendendo le mani per attutire il colpo.

L'alieno schivò in qualche modo il cane e riuscì ad afferrare Lora prima che crollasse sulle ginocchia. Le sue grandi mani erano calde sulle braccia nude di lei, il suo petto nudo e blu proprio all'altezza dei suoi occhi. *Accidenti.* Era scolpito. Aveva persino un odore sexy, come spezie calde con un accenno di cuoio. Le ginocchia le sembrarono improvvisamente deboli per un motivo che andava oltre la caduta appena sfiorata.

Sollevò lo sguardo per incontrare i suoi occhi scuri e luccicanti e deglutì. *Alzati, idiota.* Ma le gambe le sembravano troppo tremanti per reggere il suo peso.

«Si è fatta male?» disse lui. La sua voce aveva una profondità roca che le arrivò dritta al cuore.

Cosa le prendeva? Quel tipo la stava trasformando in un'idiota bavosa. Almeno non sembrava intenzionato a farle del male.

«Starò bene. Devo solo togliermi queste scarpe.» Ancora appoggiata al suo braccio, sfilò il piede ferito dalla scarpa. Ma quando cercò di caricarci il peso per togliersi l'altra, un dolore lancinante le attraversò la caviglia. Cadde su un ginocchio sull'erba.

Pepper lo interpretò come un invito a giocare e la travolse, facendola finire distesa a terra. «Pepper, no! Smettila!»

Dio, poteva essere più imbarazzante? Avvolse un braccio attorno al collo di Pepper per tenerla sotto controllo e riuscì a rimettersi in ginocchio, cercando di non pensare alle macchie d'erba che probabilmente stava facendo sul suo costoso vestito.

L'alieno si irrigidì improvvisamente e lei pensò di stare per vedere un altro tizio trasformarsi in melma.

Invece, lui sollevò il braccio e uno schermo semitrasparente apparve sopra il suo polso, proprio come in un film di fantascienza. Il volto blu di un altro alieno fluttuava a mezz'aria, parlando una lingua che Lora non capiva.

Poi sentì una voce familiare. «Lora! Stai bene?»

«Georgie?» Lora lasciò andare Pepper e afferrò il braccio teso dell'alieno, tirandosi su sul piede sano. «Dove sei?»

Il grande uomo blu si accigliò e ritrasse il braccio dalla sua presa, in modo che lo schermo fosse di nuovo rivolto verso di lui. Dopo qualche altra parola con l'altro alieno, lo schermo scomparve.

Lora allungò di nuovo la mano verso il suo braccio. «Quella era la mia amica! Che ne ha fatto di lei? Cosa sta succedendo?»

L'alieno inclinò la testa, come se si prendesse un momento per capire. Così da vicino, vide che i suoi occhi non erano completamente neri, ma di un blu profondo senza sclera bianca. Il suo naso era leggermente storto, come se fosse stato rotto in passato. «La sua amica è al sicuro. È con il Principe Arazhi.»

«Principe?» Lora rimase a bocca aperta. «Quale principe? Cosa succede?» Fece un passo zoppicante in avanti e digrignò i denti per il dolore che le trafiggeva la caviglia.

Senza preavviso, l'alieno la sollevò tra le braccia e si diresse verso il palco, dove si sentivano gli elicotteri che stavano rallentando i motori. «Qualcuno ha cercato di assassinare il principe ereditario. Devo scoprire chi è stato.»

Lora si aggrappò al suo collo. Non era esattamente una donna minuta, ma lui la portava come se non pesasse nulla. Prima che potesse fare altre domande, la voce di un uomo gridò: «Ehi! Voi! Venite con noi.»

Girando il collo, vide una coppia di uomini in abito nero che si avvicinavano lungo il sentiero davanti a loro. *Probabilmente federali.* E lei si trovava lì, portata in braccio come una damigella in pericolo. I colleghi al distretto si sarebbero divertiti un mondo quando lo avessero saputo.

Diede un colpetto sulla spalla dell'alieno. «Mi metta giù, per favore.»

Lui esitò, con lo sguardo concentrato sugli uomini, poi la depose delicatamente a terra.

Mantenendo il peso sulla caviglia sana, infilò la mano nel corpetto per recuperare il distintivo. «Polizia di Springfield...»

«Arma!» gridò l'uomo più basso, estraendo la pistola.

GLOSSARIO

Bacca – un gioco che ricorda il frisbee golf

Burendo – un Kirenai che eccelle nel mutare forma ed è in grado di assumere non solo l'aspetto di altre specie, ma anche la loro colorazione.

Fogarian – specie aliena dai capelli rossi e basette che vive su un pianeta roccioso e montuoso.

G'nax – una specie che usa la luce per comunicare attrazione ed eccitazione. Hanno anche una relazione simbiotica con un insettoide a otto zampe.

Hage – alieno calvo dagli occhi grandi che somiglia molto all'iconico alieno diffuso nell'immaginario umano.

Happa – fronde blu simili a palme.

Hypawa – specie con occhi color magma.

Ijin'en – animale da mandria a quattro zampe allevato per la carne e noto per la sua stupidità.

Iki'i – potere empatico.

Irn – un'unità di misura. Una rotazione planetaria attorno al sole dei Kirenai.

Jiro – un'unità di misura equivalente a circa due ore terrestri.

K'ogai – la città vicino al palazzo su Kirenai Prime.

Kazhitu – noci che sembrano girelle dolci quando vengono cotte al forno. Ricche di zucchero, burrose e fruttate.

Khargal – alieni grigi dotati di corna, con pelle simile alla pietra e ali, provenienti dal pianeta Duras.

Khensei – una tossina che causa la snaturazione dei Kirenai nel loro stato di riposo.

Kikajiru – la mia fonte di distrazione (un termine affettuoso).

Kirenai Prime – il pianeta d'origine dei Kirenai. Viola e blu con vorticose nuvole bianche.

Kuzara – merda, accidenti, cazzo.

Sciame della morte Kryillian – minuscole creature insettoidi che possono uccidere un uomo in pochi secondi succhiandogli il sangue.

Matrice/matrice cellulare – il termine per indicare la massa cellulare di un Kirenai.

Nilgawood – un albero usato per produrre resina.

Oritsu – un'espressione di stupore.

Popotan – la pianta usata per rivestire gli interni delle navi che fornisce ossigeno, ricicla l'acqua, è altamente resistente alle radiazioni e può rigenerarsi se danneggiata.

Qalqan – specie nota per i suoi guaritori, con un ottimo approccio ai pazienti grazie alla loro resistenza alle fluttuazioni emotive.

Stato di riposo – la forma amorfa di un Kirenai; come la nudità per gli umani, viene mostrata solo ai familiari o agli amici fidati.

Senburu – una congregazione galattica di mercanti che si oppone al dominio dell'imperatore. I singoli membri sono chiamati *Senbur*.

Sireta Prime – un popolare pianeta del divertimento.

Tessuto *Supo* – tessuto intelligente per abbigliamento che non necessita di bottoni o cerniere.

Teozhisa – un carro per il trasporto di persone.

Tolonovone – un dispositivo che crea segni luminosi sulla pelle, usato dai G'naxiani come parte dei loro rituali di accoppiamento.

Ukimi – amato dessert ghiacciato dal sapore fresco e speziato, simile alla menta dolce.

Vatosangani – specie dalla pelle d'alabastro e capelli blu o verdi che tende a essere tarchiata o arrotondata. Il pianeta si chiama Vatosang.

SCHEDA TECNICA KIRENAI

I Kirenai sono una specie di mutaforma interamente maschile, con una forma naturale (stato di riposo) simile a quella di un'ameba, che solitamente assume una forma bipede per interagire con le altre specie. Fino alla scoperta degli umani, i Kirenai necessitavano di un legame di coppia permanente con una femmina di un'altra specie per generare prole. Tutti i tratti Kirenai sono dominanti e situati sul cromosoma Y; la prole maschile è interamente Kirenai, mentre la prole femminile appartiene interamente alla specie della madre.

Storicamente i tassi di natalità sono stati bassi e, nel corso dei secoli, la popolazione è andata diminuendo. Le femmine umane si sono dimostrate eccezionalmente ricettive all'impregnazione e non richiedono la formazione di un legame di coppia per concepire. Ciò ha reso la Terra un bersaglio per i trafficanti di schiavi del mercato nero che commerciano in «fattrici». L'Imperatore ha tentato più volte di proteggere la popolazione.

Indipendentemente dalla forma assunta, un Kirenai sarà riconoscibile come tale dal colore della pelle e dei capelli. La tonalità più comune è il blu, sebbene i colori possano variare dal verde menta al lavanda. Rari individui, chiamati *burendo,* possono assumere colorazioni al di fuori di questo spettro. Il sangue dei Kirenai è trasparente o leggermente lattiginoso, a meno che non sia infetto, nel qual caso diventa torbido fino a raggiungere un bianco quasi solido.

Tutti i Kirenai possiedono abilità empatiche chiamate Iki'i, che li rendono capaci di leggere emozioni e desideri, oltre a identificare gli individui della propria specie indipendentemente dalla forma. Questo è l'unico tratto Kirenai che a volte viene trasmesso alla progenie femminile. Tale abilità rende inoltre la specie, nel suo complesso, composta da amanti consumati, poiché i Kirenai possono compiere azioni e assumere attributi che il partner trova più attraenti. I compagni legati assumono una forma permanente gradita ai propri partner; raramente riescono a forzarsi in una forma alternativa dopo il legame.

La durata media della vita di un Kirenai è di circa ottocento anni umani. Quando si forma un legame di coppia, un Kirenai trasmette un piccolo marcatore genetico alla propria compagna, che mitiga il processo di invecchiamento e le conferisce una durata di vita pari alla propria.

ALTRE RAZZE GALATTICHE

Qalqan – Una razza rosa simile a lucertole, dotata di un talento innato per la medicina. Hanno più di due generi e cambiano sesso con l'avanzare dell'età, il che rende la riproduzione piuttosto complessa. Ciò significa anche che raramente formano legami di coppia con i Kirenai. Inoltre, le loro emozioni sono difficili da comprendere per gli altri e illeggibili per *l'Iki'i* Kirenai.

Hypawa – Una razza con grandi occhi espressivi, pelle liscia e luminescente e capelli e ciglia lussureggianti; considerata da molti la razza più bella della galassia. Le loro origini sono un mistero: persino il loro presunto mondo di origine non sembra essere il loro pianeta natale. La loro economia dipende dal turismo e dall'intrattenimento.

G'nax – Una razza spinosa, simile a insetti, che può respirare in diverse atmosfere. Biologicamente sono inclini al commercio e possiedono sensi che permettono loro di navigare nell'iperspazio. Usano la luce per comunicare attrazione ed eccitazione. Le femmine hanno una relazione simbiotica con un insettoide a otto zampe che secerne una rugiada usata per nutrire i piccoli G'nax.

Khargal – Una razza dalle corna e dalla pelle grigia che può entrare in uno stato di ibernazione in cui il corpo diventa simile alla pietra. Il numero di corna indica la quantità di sangue reale che scorre in loro. L'onore è più importante di ogni altra cosa per loro. Hanno ali e artigli e somigliano ai gargoyle della mitologia terrestre. Il loro pianeta di origine è un mondo arido che ha due lune ed è noto per avere alcuni depositi di minerali insoliti e relativamente poche forme di vita.

Fogarian – Una razza robusta dalla pelle spessa, con capelli cremisi, artigli e zanne. Provengono da un pianeta ad alta gravità ricco di gemme cristalline ed eccellono nello scavare. Le femmine di solito partoriscono cucciolate da due a quattro piccoli e sono tra le compagne preferite dei Kirenai. I Fogarian tendono a essere molto schietti e mantengono le promesse, anche a costo della vita.

Vatosangan – Una razza piccola e gracile, con pelle d'alabastro, lineamenti arrotondati e capelli dal blu al nero. Essendo la razza più comune a legarsi ai Kirenai, alcuni dicono che controllino effettivamente l'impero galattico dietro le quinte. Cercano ogni alleanza, tecnologia o vantaggio che possa favorirli, e il loro attuale governo è una meritocrazia.

Klen – Una razza umanoide dalla pelle verde con occhi su steli allungabili. Le loro lingue possono fungere da arti prensili e hanno la capacità di resistere a una vasta gamma di temperature. Sono una razza di spazzini e possono modificare alcune delle loro secrezioni corporee per trasformarle in varie sostanze utili.

Hage – Alieni bassi, calvi e con la pelle grigia, dalle teste grandi. Furono i primi a stabilire un contatto con gli umani. Sebbene la loro corporatura esile non lo suggerisca, sono dipendenti dai piaceri della nutrizione e la loro cucina è spettacolare. Una guerra passata ha devastato il loro pianeta natale e ora vivono sparsi tra le altre razze, solitamente impiegati nel settore dei servizi.

Sheeghr – Non abbastanza avanzati per essere ammessi al Consorzio Galattico. Una razza matriarcale, simile ai furetti, originaria del Pianeta Cantevole. Noti per l'ipersessualità, le femmine mantengono un costante stato di gravidanza per tenere lontano un parassita nativo chiamato Gloor. Qualsiasi femmina che si rifiuti o che non riesca a rimanere incinta viene uccisa. I maschi determinano il rango in base alle dimensioni e al colore del loro fallo.

Umani – Nuovi membri del Consorzio Galattico. Questa razza bipede non si è ancora omogeneizzata in una lingua, una cultura o un aspetto unici. La specie ha tonalità di pelle che variano tra il nero e l'alabastro, con sfumature di marrone nel mezzo. Le femmine sono in grado di riprodursi con molte altre specie in tutta la galassia e sono diventate un bersaglio per il commercio illegale di schiavi.

L'AUTRICE

C'era una volta, pensavo di voler diventare un'ingegnera biomedica, ma fare esperimenti sui topi di laboratorio non porta sempre a un lieto fine. Ora fondo la mia infatuazione da nerd per la scienza con romance incentrati sui personaggi e lieti fini garantiti. I miei mostri trovano sempre la loro compagna, tra eroine grintose, eroi tormentati e tutti i guai piccanti che riescono a gestire. Ti prometto che le mie storie non ti lasceranno mai in sospeso (anche se potresti desiderarne ancora!).

Quando non scrivo, mi troverai in giardino o in cucina, a esplorare l'Alaska con mio marito o a prepararmi per l'apocalisse zombi. Mi piace anche lavorare all'uncinetto mentre faccio binge watching su Netflix, giocare ai videogiochi e godermi il tempo in famiglia durante la nostra sessione settimanale di D&D.

Vuoi saperne di più su di me? Entra nel mio VIP Club e ricevi libri gratuiti, aggiornamenti e altro materiale fantastico!

>>> news.tamsinley.com/ERHXVo

SERIE DI TAMSIN LEY

Accoppiata con l'alieno mutaforma

Anime gemelle mostruose

I mutaforma alfa dell'Alaska

www.ingramcontent.com/pod-product-compliance
Lightning Source LLC
LaVergne TN
LVHW010159070526
838199LV00062B/4418